Das Leben, Zimmer 18 und du
Nancy Salchow
Taschenbuchausgabe
Erste Auflage, September 2013

Covergestaltung: Nancy Salchow
Coverfoto: Bild linker Ast und Vögel © idesign2000 – Fotolia.com, Bild Bank mit Liebespaar © VRD – Fotolia.com, Bild rechter Ast © Ramona Kaulitzki – Fotolia.com

Kontakt:
nurso@nancysalchow.de
www.nancysalchow.de
Printed in Germany
by Amazon Distribution GmbH, Leipzig

ISBN-13: 978-1492756156
ISBN-10: 1492756156

Das Leben, Zimmer 18 und du

Nancy Salchow

Über das Buch

Ich weiß nicht genau, wohin diese Worte führen werden, ob ich sie jemals jemandem zeigen werde oder für immer für mich behalte. Ich weiß nur eines: Momentan durchlebe ich die wichtigste Zeit in meinem bisherigen Leben. Eine Zeit, die so einschneidend ist und auf so unerklärliche Weise fast schon einem Wunder nahekommt, dass ich sie unbedingt auf Papier bringen muss. Ich will, muss und werde sie festhalten, schon allein aus Angst, irgendwann ein Detail zu vergessen.

Solange ich denken kann, habe ich Geschichten geschrieben, mir Handlungen und Helden ausgedacht, deren Schicksal ich selbst festgelegt und gelenkt habe, nur um jetzt festzustellen, dass die besten und tiefgründigsten Geschichten immer noch das Leben selbst schreibt. Niemals hätte ich gedacht, dass es mein eigenes Leben sein könnte, das eine solche Geschichte bereithält.

Natürlich denke ich auch darüber nach, diese Worte – sollte es mir gelingen, sie lückenlos aufs Papier zu bringen – mit der Welt und vor allem mit den Menschen aus meinem Leben zu teilen, die sich gefragt haben, warum ich diesen Weg gegangen bin und bestimmte Entscheidungen getroffen habe. Ich möchte aber auch denen Mut machen, die Angst davor haben, vertraute Wege zu verlassen. Denjenigen, die den Glauben an das Schicksal verloren haben oder bisher noch nie kennenlernen durften. Und denen, die die Hoffnung auf ein gutes Ende in ihrem Leben nicht mehr spüren können.

Es gibt dunkle Zeiten, sehr dunkle. Heute jedoch glaube ich, dass man das ganz große Glück vor allem dann findet, wenn man vorher ganz am Boden war. Vielleicht ist man erst dann in der Lage, das wirklich Wichtige im Leben zu sehen, zu suchen und zu halten.

Je länger ich darüber nachdenke: Ja, ich glaube, ich schreibe diese Zeilen tatsächlich für die Öffentlichkeit. Und ja, ich möchte sie mit allen Menschen teilen. Ich will es hinausrufen, das Wunder, das ich erlebt habe, mit all seinen Farben, auch und gerade weil es Farben sind, die Außenstehende vielleicht nicht sehen können.

Trotz des Wunsches, meine Geschichte mit der Welt zu teilen, wird dieses Buch immer nur ein Tagebuch sein. Kein Werk, das ich einem Lektor übergeben oder einen Freund Korrektur lesen lassen werde. Keine Überarbeitung. Kein Feinschliff. Diese Worte sollen ganz genau so zu Papier gebracht werden, wie sie in meinem Herzen schlummern. Mit jedem Kommafehler, jedem wiederholten Ausruf und jeder Euphorie und Träne, die dieser Weg mit sich brachte. Denn das alles bin ich, das alles ist meine Geschichte. Und nur so ist sie wirklich *echt*.

Ich hoffe, ihr begleitet mich auf diesem Rückblick, denn nichts liegt mir mehr am Herzen als diese Geschichte.

Nancy Salchow

Anmerkung: Diese Geschichte ist autobiografisch und keine Fiktion. Lediglich die Namen wurden, bis auf meinen eigenen, abgeändert. Außerdem liegt es mir sehr am Herzen, euch wissen zu lassen, dass dies lediglich *meine* Erfahrungen mit der Krankheit sind. Dass eine ganz besondere Begegnung einen ungeahnten Einfluss auf den Verlauf meiner Geschichte hatte, entspricht ebenfalls ausschließlich meiner Erfahrung. Ich nehme mir nicht heraus, über andere depressive Menschen oder den Verlauf ihrer Krankheit zu urteilen, geschweige denn zu behaupten, dass es nur den richtigen Menschen braucht, um von einem Tag auf den anderen gesund zu werden.

Nein. Aber ich nehme mir heraus zu glauben, dass nichts im Leben ohne Grund geschieht. Und genau dafür steht meine Geschichte. Nicht mehr und nicht weniger.

Prolog

Der Flur erstreckt sich vor uns in nicht zu greifende Ferne. Wie ein Licht aus einer anderen Welt schleicht sich ein schmaler Streifen Sonne durch das schmutzige Fenster am Ende des Ganges und legt den Blick auf den staubigen Boden frei.

Der unbenutzte Krankenhausflügel. Wie sind wir hier gelandet?

Instinktiv greife ich nach seiner Hand, während wir nebeneinander an den offenen Türen vorbeigehen. Türen, die den schmalen Blick auf leere Zimmer preisgeben. Hier und da unterbricht der Rest eines bunten Fensterbildes die graue Leere des Raumes.

Ein Schritt.

Zwei Schritte.

Mein Herz schlägt bis zum Hals, während ich seine Hand fester umklammere. Warm und schützend legen sich seine Finger um meine.

Auf einer der Türen ergeben die letzten verbliebenden Buchstaben eine Ahnung des Wortes „Pumpstation".

Erst jetzt wird mir bewusst, dass wir uns auf der ehemaligen Geburtenstation befinden.

Ein flüchtiges Grinsen huscht über meine Lippen. „Ganz schön still für eine Babystation."

Er lacht leise.

Am Ende des Ganges angekommen bleiben wir neben einer offenen Zimmertür stehen.

Da ist es wieder, das wohlig warme Gefühl, das meinen Magen in ein Sammellager wildgewordener Hummeln verwandelt.

Fast kommt es mir so vor, als stünde der lange staubige Flur als Metapher für die letzten Monate, die uns so fern voneinander den Blick auf die Sonne verstellt haben, nur um nun, am Ende des Ganges angekommen, endlich das langersehnte Licht zu finden.

Er führt seine Hand zur Tür und schiebt sie langsam auf.

„Zimmer 18" flüstere ich.

„Zimmer 18", wiederholt er lächelnd.

„Meinst du, sie finden uns hier?", frage ich, als ich meinen Fuß zögernd über die Schwelle setze.

„Sie haben uns nicht gesehen", antwortet er und während ich mich fragend zu ihm umdrehe, weiß ich, dass es die einzige Antwort ist, die wir brauchen.

Kapitel 1 – Die dritte Stufe von unten

Es ist die dritte Stufe von unten, auf der ich sitze. Ich weiß nicht, warum ich mich ausgerechnet daran erinnere, denn eigentlich nehme ich in diesem Moment wenig wahr. Alles, was ich fühle, ist eine endlose Leere. Eine Leere, die ich nicht kenne und die eine solche Macht entwickelt, dass ich nicht weiß, ob ich weinen, mich übergeben oder einfach in Ohnmacht fallen soll.

Alles ist in diesem Moment egal. Nicht nur alles, auch jeder. Und gerade dieses Gefühl bereitet mir die meiste Angst. So viel Angst, dass ich befürchte, keine Luft mehr zu bekommen.

Nein, diese Leere passt nicht zu mir. Ich wusste nie, wie es ist, keinen Sinn mehr zu erkennen. Was auch immer ich erlebt oder getan habe, welchen Schicksalsschlägen auch immer ich mich zu stellen hatte, ich war immer in der Lage, einen Sinn zu sehen. Selbst wenn er noch so klein war. Irgendeinen Lichtblick gab es immer.

In diesem Moment jedoch, hier auf der dritten Stufe von unten, ist er vollkommen verschwunden, dieser Lichtblick. Ich kann ihn weder sehen noch in Worte fassen, weder fühlen noch den Antrieb finden, nach ihm zu suchen.

Wo ist die Liebe für meine Familie? Wo die Freude am Schreiben? Und wo der Trost, der sonst in den kleinen alltäglichen Dingen lag?

Ich suche nach Luft, die meine Lungen und meine Seele mit Leben füllt, doch alles, was ich finde, sind Tränen. Viele Tränen.

Ich weine und ich bin froh, dass ich es kann, denn letztendlich sind es diese Tränen, die meine Umgebung und mich selbst endlich wachrütteln.

Endlich bekommt meine Stimmung ein Gesicht, meine Gefühle ein Ventil und meine Krankheit einen Namen: Depression.

Es ist der Morgen des 24. Februar 2013. Der Moment auf der dritten Stufe von unten, der nicht der Anfang der Krankheit ist, aber letztendlich der Moment, in dem mir klar wird, dass ich Hilfe brauche.

Wie viele Menschen in dieser Situation habe ich versucht, meine lähmende Traurigkeit mit mir allein auszumachen und selbst ein Ventil zu finden, so wie ich es stets in schweren Zeiten getan habe, um wieder auf einen grünen Zweig zu kommen. Denn irgendwo war sie immer, die Hoffnung. Manchmal besser versteckt als sonst, aber gefunden habe ich sie grundsätzlich. Und jedes Mal schaffte ich es ohne fremde Hilfe, allein durch meinen Glauben an einen guten Ausgang.

Nur dieses Mal will es mir nicht gelingen. Bis aus der Traurigkeit Leere wurde. Eine Leere, die mich wünschen lässt, zur normalen Traurigkeit zurückkehren zu können und die mich letztendlich dazu bringt, mit zitternder Stimme meine Schwiegermutter anzurufen.

Viola kennt die Krankheit, weil sie selbst betroffen ist. Wie lange ihre Antidepressiva gebraucht haben, um ihre Wirkung zu entwickeln, will ich von ihr wissen. Zwei Tage zuvor habe ich die Tabletten von meiner Psychiaterin verschrieben bekommen und hoffe nun auf ein Wunder, obwohl mir jeder sagt, dass die Tabletten mindestens eine bis zwei Wochen brauchen, um zu wirken.

Ich erzähle Viola am Telefon von meinen vergangenen Panikattacken und meiner Angst vor der nächsten. Von der Leere, die durch die Attacken hervorgerufen wird und ich will wissen, ob es ihr ähnlich ging.

Viola will nicht telefonieren, sondern kommt direkt zu mir nach Hause. Als sie mich in meinem Zustand vorfindet, überlegt sie nicht lang und ruft die Bereitschaftsärztin an. Ihr Sohn, mein Mann David, der vergeblich versucht hat, mich zu beruhigen, erkennt auch, dass dies der beste Schritt in dieser Situation ist. Hilfe. Ja, endlich kommt Hilfe.

Es ist nicht das erste Mal, dass eine Ärztin zu mir nach Hause kommt. Wenige Tage zuvor, nach meiner zweiten Panikattacke, habe ich selbst schon einmal eine Notärztin gerufen. Dieselbe Ärztin, die wenig später zu meiner Psychiaterin wurde und mir Antidepressiva verschrieb. Diesmal jedoch ist uns allen klar, dass es nur auf eines hinauslaufen kann: Ich muss in die Klinik. Die Wartezeit auf die Wirkung der Antidepressiva kann ich allein nicht mehr überstehen, zusätzlich lähmt mich die Angst, *ob* sie überhaupt wirken. Und einen Termin bei einem Therapeuten, der unterstützend zu den Tabletten notwendig wäre, bekomme ich frühestens in drei Monaten.

Als die Ärztin bei uns eintrifft, sitze ich mit zitternden Beinen auf dem Sofa. Sie spricht mir Mut zu, redet lange mit mir und schlägt schließlich vor, mir eine Einweisung in die psychiatrische Klinik zu geben. Dies begründet sie mit einem Satz, den ich bis heute nicht vergessen habe: „Schlechter als jetzt kann es Ihnen nicht gehen.“

Während sie das sagt, liegt ihre Hand auf meinem Knie und ich merke, dass ich zum ersten Mal seit Langem Hoffnung empfinde. Echte Hoffnung. Denn sie hat recht: Schlechter als jetzt kann es mir nicht gehen. Von hier an kann es nur noch bergauf gehen. Und da will ich hin, über den Berg. Über die Angst hinweg. Zurück ins Leben.

Die Einsicht, dass es tatsächlich nur noch besser werden kann, beflügelt mich für den Moment. Meine Tasche fürs Krankenhaus packe ich beinahe schon euphorisch. Jetzt wird alles gut.

Ich schaue ein letztes Mal auf das Foto meines Zwillingsbruders, das im Wohnzimmer steht. Ich bin überzeugt davon, dass es sein Tod war und der kurz darauf folgende Tod meiner Mutter, der mich in diese Lage gebracht hat. Dass die Antwort sehr viel komplizierter ist, ahne ich zu diesem Zeitpunkt noch nicht.

Aber das muss ich auch nicht.

Gerade die Ahnungslosigkeit ist einer meiner wichtigsten Wegweiser. Aber das erfahre ich erst später. Nicht jetzt. Nicht am 24. Februar.

Ich nehme meinen Kater Poldi auf den Arm und verabschiede mich. Dann steigen David, Viola und ich ins Auto. Ziel: Hanse-Klinikum Wismar. Station: Allgemeine Psychiatrie.

Kapitel 2 – Der Fahrstuhl

Ich erinnere mich an diesen einen Moment vor dem Fahrstuhl. Der Fahrstuhl der Klinik, die ich mittlerweile besser kannte, als mir lieb war. Ich hatte an diesem Tag meine Mutter auf ihre Station gebracht, wo sie ihre Chemotherapie erhalten sollte, war gerade von der Rezeption im Haupteingang zurückgekommen, wo ich sie angemeldet hatte und stand nun vor besagtem Fahrstuhl. Ich wollte auf die andere Station fahren, auf der mein Bruder lag, der kurz zuvor am Kopf operiert worden war. In diesem einen Moment, in dem ich darauf wartete, dass der Fahrstuhl kam, ertappte ich mich dabei, dass ich den Faden verlor. Für den Bruchteil eines Augenblicks wusste ich nicht mehr, woher ich kam und wohin ich wollte.

Hatte ich meine Mutter schon angemeldet?

Ja, hatte ich, zumindest hatte ich eine Nummer gezogen, die aufgerufen wird, sobald ich im Rezeptionsbereich an der Reihe war. Dass dies bis zu einer Stunde dauern kann, wusste ich von den vorherigen Malen. Genügend Zeit also, um zwischendurch meinen Bruder auf der anderen Station zu besuchen. Während ich auf den Fahrstuhl wartete war jedoch alles weg. Jeder Gedanke, jedes Vorhaben.

Befand ich mich gerade auf Station zwei oder drei? Und auf welcher Station lag Martin? War ich gerade bei meiner Mutter gewesen oder wollte ich noch zu ihr? Und hatte ich schon eine Nummer an der Rezeption gezogen?

Ach ja, die Nummer.

24.

Oder war es die 26? Ich kramte in meiner Hosentasche nach dem Zettel.

26. Ja, natürlich.

Während die Gedanken langsam wieder in meinen Kopf zurückkehrten, wurde mir die Absurdität der Gesamtsituation bewusst. War das alles wirklich wahr? Geschah das wirklich unserer Familie?

Der eigene Zwillingsbruder, erkrankt an einem unheilbaren Hirntumor. Die eigene Mutter, bei der kurz darauf Lungenkrebs diagnostiziert wird. Beide im selben Krankenhaus, zur selben Zeit. Mit derselben Prognose: Dass es nicht gut ausgehen wird.

Während man uns bei Martin noch mehr als deutlich zu verstehen gegeben hatte, dass er noch ein, maximal zwei Jahre unter uns weilen würde, überließ man es uns bei meiner Mutter Anita selbst, ob wir uns einem unbegründeten Optimismus hingeben oder uns besser gleich auf das Schlimmste einstellen.

Aber der Augenblick vor dem Fahrstuhl war nur ein Moment von vielen, ein symbolischer Moment, stellvertretend für die lähmende Angst, die uns von Juli 2010 bis zum Mai 2012 pausenlos begleiten sollte. Wie ein einziger tiefer Atemzug, der mit dem Einatmen, der Diagnose meines Bruders im Sommer 2010, begann, und erst mit dem Ausatmen, dem Tod meiner Mutter am 27. Mai 2012, enden sollte.

Martins Kampf endete bereits im Januar 2012, bis dahin und bis zum Tod meiner Mutter sollte unser Weg noch in viele Krankenhäuser, Reha-Kliniken und fremde Betten führen. Betten, auf deren Kanten wir saßen, um Hände zu halten, Trost zu spenden und die eigene Angst zu überspielen. Betten, in denen Schmerzen, Lähmungen, Krämpfe und viele Tränen nur wenig Platz für Hoffnung ließen. Hoffnung, die wir uns doch niemals ganz nehmen ließen. Hoffnung, die trotz der verlorenen Kämpfe irgendwie niemals sinnlos war.

Sie hat Spuren hinterlassen, die verzweifelte Suche nach Hoffnung. Es gab Zeiten, in denen ich dachte, dass er mich stärker gemacht hätte, der Kampf, den ich bei Martin und meiner Mutter beobachtet und den ich irgendwie auch selbst geführt hatte. Bis man irgendwann einsieht, dass ein Kampf sinnlos ist, wenn man nicht weiß, gegen wen man kämpft. Denn wer war mein Gegner? Die Krankheit? Die Angst? Das Leben selbst?

Ich schreibe für mein Leben gern. Schon als ganz junges Mädchen liebte ich es, mir Geschichten und eigene Titelhelden auszudenken. Schon immer war es mein Traum, eines Tages ein eigenes Buch zu veröffentlichen. Aber all die Jahre fehlte mir die Ausdauer, ein Buchprojekt bis zum Ende durchzuhalten, nicht zuletzt deshalb, weil ich meine schriftstellerischen Fähigkeiten nicht als ausreichend empfand. Nach der Diagnose meines Bruders begann unterbewusst die Suche nach einem Mittel zur Ablenkung, die ich schließlich im Schreiben fand.

Beinahe jede Minute, die ich nicht in Krankenhäusern verbrachte, widmete ich dem Schreiben – und tatsächlich, es gelang mir sogar, mit zwei Manuskripten einen Literaturwettbewerb auf Neobooks.com, der Autorenplattform der Verlagsgruppe Droemer Knaur, zu gewinnen. Ein Sieg, der zum Startschuss mehrerer eBooks werden sollte, die ich im Selfpublishing sowie bei Droemer Knaur veröffentlichte.

Im Laufe der Monate fanden sich mehr und mehr Leser, die sich auf und über meine Bücher freuten, es folgten Angebote vom Verlag für Auftragsarbeiten, die ich nur zu gerne annahm. Was als Ablenkung begonnen hatte, wurde zur Erfüllung eines lange gehegten Traums, erst recht, als ich den ersten Vertrag für eine Veröffentlichung im Print unterschrieb. Das war sie, die andere Seite des Blatts, das einzig Positive in dieser dunklen Zeit: Meine Fähigkeit, endlich Ausdauer beim Schreiben zu entwickeln und an meine eigenen Qualitäten zu glauben. Es half mir, mich der Trauer um meine Familie und den schmerzlichen Gedanken nicht ungeschützt stellen zu müssen. Und es sorgte dafür, dass ich mich zumindest während der Arbeit an einem Manuskript gut fühlte. Dass diese Leidenschaft jedoch zum Fluchthelfer wurde, der mich blind und taub für jeden Schmerz, jede lähmende Erinnerung, jede Angst machte und den Zusammenbruch nur hinauszögerte, anstatt ihn zu verhindern, erkannte ich erst, als ich so tief in der Depression steckte, dass ich von selbst nicht mehr heraus kam.

Es ist die Angst, dass mich schon wieder jemand im Büro vertreten muss und der Gedanke an die Meinung meiner Kollegen und Familie, die mich unter Druck setzen, während ich im Februar 2013 mit einer Angina zu Hause im Bett liege. Ich befinde mich auf dem Weg der Besserung, aber irgendwie will mein Körper nicht so recht nach meinen eigenen Regeln arbeiten, denn so sehr ich auch versuche, mich zu entspannen, es will mir einfach nicht gelingen.

Dann geschieht es, ein mehr als unangenehmes Gefühl im linken Arm. Kein Schmerz im eigentlichen Sinne, vielmehr ein leichtes Taubheitsgefühl, aber selbst diese Umschreibung trifft es nicht genau.

Ich bekomme Panik. Der linke Arm? Das kann nichts Gutes bedeuten. Ich habe Angst um mein Herz und steigere mich in die Befürchtung hinein, eine ernsthafte Krankheit zu haben. Mein Mann David, der neben mir im Bett liegt, erklärt mir, dass es nichts Schlimmes ist. Eine Vermutung, die einer Feststellung gleichkommt, immerhin kennt er meine Angst vor Krankheiten und die Fähigkeit, die Flöhe husten zu hören, wenn es um meinen Körper geht. Nach wie vor bin ich zu diesem Zeitpunkt zum Beispiel felsenfest davon überzeugt, dass ich ebenfalls einen Hirntumor wie mein Zwillingsbruder habe, schließlich habe ich seit Monaten einen unerklärlichen Kopfschmerz an einer ganz bestimmten Stelle auf der linken Seite. Deswegen zum Arzt gehen? Unvorstellbar! Viel zu groß ist die Angst vor der Diagnose.

Mein linker Arm wird immer mehr zum Fremdkörper. Die Panik wächst. Ich denke an die Worte meines Arztes, der mir zu erklären versucht hat, dass ich die Beruhigungstabletten, die er mir erstmals kurz nach der Diagnose meines Bruders verschrieben hat, nicht regelmäßig nehmen kann, da sie abhängig machen können. Ein Gedanke, der mich zusätzlich lähmt, immerhin habe ich die Tabletten in letzter Zeit häufiger genommen als in den Monaten zuvor. Warum eigentlich? Ich versuche, mich zu erinnern. Schlaflosigkeit, innere Unruhe. Traurig war ich eigentlich nicht, nein. Oder doch? Viel zu groß ist doch eigentlich die Freude über den Taschenbuchvertrag, der mir gerade erst von meinem Verlag angeboten wurde. Eine Neuigkeit, die ich in naher Zukunft mit der Öffentlichkeit teilen darf.

Nein, eine Tablette kann ich nicht schon wieder nehmen. Es muss diesmal ohne gehen. Ich bin doch eigentlich müde, also werde ich auch schlafen können.

Doch die Panik in mir weiß es zu verhindern. Mein Herz schlägt so laut, dass ich es beinahe hören kann, mein Blut scheint in meinen Venen zu kochen.

Ist das noch mein Körper? Werde ich verrückt?

Ganz sicher, ich drehe durch! Die ganze Zeit über habe ich darauf gewartet, dass sich mein Körper für den ununterbrochenen Stress in der Krankheitsphase meiner Familie rächt, jetzt scheint es endlich soweit zu sein.

Mein Puls rast. Ich schwitze. Und immer noch scheint das Blut in mir zu kochen.

David versucht, mich zu beruhigen, aber endlich erkennt auch er, dass diese Angst nicht mit meiner üblichen Überängstlichkeit vergleichbar ist.

Ich ahne, dass es eine Panikattacke ist. Irgendwann habe ich von ähnlichen Symptomen gelesen und als ich ein paar Monate zuvor nach meiner Gallen-OP im Krankenhaus der Meinung war, dass meine Thrombose-Strümpfe meine Beine abschnüren, hatte ich ein ähnliches Gefühl der Panik. Nur weitaus weniger schlimm.

Ich entscheide mich doch für eine Tablette, die glücklicherweise wirkt. Irgendwann wird die Müdigkeit stärker. Doch schon am Abend darauf holt mich die nächste Attacke ein.

Nein, du kannst nicht schon wieder eine Tablette nehmen, rede ich mir ein.

Von da an beginnt der Sumpf, in den mich die Attacken reißen, tiefer zu werden. Das Schlimmste jedoch ist das Gefühl zwischen den Attacken: die Angst, wieder in Panik zu verfallen. Eine Angst, die das schlimmste Symptom der Attacken zum Vorschein bringt: Das Gefühl endloser Leere.

Denn wie kann ein Leben mit diesen Ängsten einen Sinn haben? Wie kann ich gegen mich selbst ankämpfen? Ich sehe ein, dass es ein hoffnungsloser Kampf sein muss, wenn ich selbst mein Gegner bin.

Nach der bis dato schlimmsten Panikattacke rufe ich die Bereitschaftsärztin, zum damaligen Zeitpunkt eine für mich noch fremde Frau, zum ersten Mal an. Glücklicherweise ist sie Psychiaterin und nimmt mich sofort in ihre Kartei auf, nachdem sie mir versichert hat, dass ich an diesen Symptomen nicht sterben werde. Und ja, dieser Gedanke war mir wirklich gekommen, so absurd es auch klingt. Dieser Ärztin verdanke ich einen ersten Anflug von Hoffnung, nicht zuletzt deshalb, weil sie mir bei meinem ersten Termin in ihrer Praxis zum ersten Mal Antidepressiva verschreibt.

Doch nur zwei Tage später ist meine Hoffnung vollkommen verblasst. Es ist der Morgen des 24. Februar. Und ich sitze auf der dritten Stufe von unten.

Ich senke die Stimme. Da war sie, meine Geschichte, die Entstehung meiner Krankheit in groben Umrissen.

Der Arzt schaut mich mit nüchternem Blick an, während er sich immer wieder zur Tastatur seines Computers abwendet und einen Fragebogen ausfüllt. Er kennt Geschichten wie diese vermutlich zu genüge, hat viele Schicksale kennen und zu deuten gelernt.

Sein nüchterner Blick ist es letztendlich auch, der mich beruhigt. Seine Gelassenheit suggeriert mir, selbst

Gelassenheit zu empfinden. Schließlich bin ich jetzt hier. Hier, wo mir geholfen wird. Hier, wo man meine Krankheit kennt.

Er erklärt mir in monotoner Stimme, dass ich in erster Linie hier bin, um auf die Medikamente eingestellt zu werden. Bis zur Wirkung der Antidepressiva wird man mich unter ärztlicher Aufsicht mit Beruhigungsmitteln über Wasser halten, die die Ängste und innere Unruhe verblassen lassen sollen. Danach, sobald ich stabiler bin, werde ich mich für eine geeignete Therapie entscheiden können, die meine Krankheit dauerhaft bekämpfen soll.

Gut ist, das erfahre ich auch in diesem Gespräch, dass ich mich bereits nach den ersten Panikattacken habe einliefern lassen. Die Krankheit hatte somit also nicht die Zeit, sich noch tiefer in mir zu verwurzeln.

Wieder wird sie in mir wach, die Hoffnung. Nicht zuletzt wegen der ersten Beruhigungstablette, die man mir bereits bei meiner Ankunft gegeben hat.

Als ich in mein Zimmer zurückkehre, das glücklicherweise zu dem Zeitpunkt noch ein Einzelzimmer ist, warten Viola und David auf mich. Wir werten das Arztgespräch aus und Viola, die sich bereits mit dem Aufnahmeprozedere auskennt, spricht mir Mut zu.

Dass ich mich von diesem Moment an auf der geschlossenen Psychiatrie befinde, macht mir nichts aus. Auch später, wenn andere Patienten mir von ihrer Angst berichten, auf der geschlossenen Station untergebracht zu werden, kann ich dieser Station nichts Negatives abgewinnen. Wenn das Leben erst einmal angefangen hat, seinen Sinn zu verlieren und jede Aktion im Freien aufgrund mangelnder Zuversicht ohnehin unmöglich geworden ist, spielt es auch keine Rolle mehr, ob ich auf der geschlossenen oder offenen Station liege. Letztendlich habe ich ohnehin die Möglichkeit im Hinterkopf, mich jederzeit wieder ausweisen zu lassen, da ich freiwillig ins Krankenhaus gekommen bin. Auch wenn ich schon zu diesem Zeitpunkt weiß, dass ich von dieser Option keinen Gebrauch machen werde.

David und Viola machen sich langsam auf den Weg nach Hause. Ich bleibe mit einem mulmigen Gefühl zurück.

Das Mittagessen, das auf mein Zimmer gebracht wurde, als ich beim Arztgespräch war, hat keinen bleibenden Eindruck hinterlassen. Alles, woran ich mich erinnere, sind Erbsen. Vermutlich auch das Einzige, was ich davon gegessen habe.

Abendessen gibt es um kurz vor halb sechs, sagte mir irgendjemand.

Halb sechs. Seniorenzeit, aber passend zur Situation. Irgendwie.

Ich starre an die Decke.

Es ist nachmittags. Wie spät genau, weiß ich nicht.

Aber bis zum Essen ist noch genügend Zeit, um eine Weile die Augen zu schließen. Endlich kann ich schlafen. Seit Langem. Und ohne dabei zu weinen.

*

Das Abendessen schmeckt nicht. Nicht weil es nicht schmeckt, sondern weil es nicht *schmeckt.* Ein Schicksal, das es seit Tagen mit jeglichen Lebensmitteln teilt. Erst recht, seitdem ich in der Klinik bin.

Neben mir sitzen zwei junge Frauen, eine von ihnen schätzungsweise Anfang 30 wie ich, die andere wohl etwas jünger. Sie unterhalten sich über Massagen.

Jennifer, die Frau in meinem Alter, hat ein Händchen für Rücken, erklärt sie. Oder erklärt es die andere Frau, die neben ihr sitzt? Meine Tabletten zeigen bereits am ersten Tag ihr wahres Gesicht, das alle anderen Gesichter in der Erinnerung verschleiert. Handlungsstränge verschwimmen, Gespräche verlieren an Bedeutung oder ganz und gar an Existenz.

An das Gespräch über die Massage erinnere ich mich jedoch. Und daran, dass wir uns schnell vertraulich unterhalten. Denn diese Krankheit, das wird schnell klar, verbindet. Niemand muss sich hier schämen, niemand muss hier schweigen. Und wenn er es doch tut, dann nur, weil er es noch nicht weiß.

Ich selbst bin seit Monaten mehr als verspannt. Falsche Haltung bei der Arbeit am Netbook, zu wenig ausgleichende Bewegung. Als Jennifer mir anbietet, mich ebenfalls zu massieren, nehme ich das Angebot mehr als dankbar an.

Wir gehen auf mein Zimmer. Die andere junge Frau, Carmen, begleitet uns. Von da an reißt der Erinnerungsfaden ab. Wenig später liege ich auf meinem Bett. Jennifer, eine Stunde zuvor noch eine völlig Fremde, hält mich im Arm, während ich geradezu brüllend weine. Wieder Tränen. So viele Tränen. Zu viele, um den Grund für die Tränen noch ausmachen zu können.

Carmen sitzt auf dem Bett neben meinem und spricht mir Mut zu. Genau wie Jennifer, die eine außergewöhnliche Begabung für das Trösten zu haben scheint. Woher hat sie diese Gabe? Und wer tröstet sie? Immerhin wird sie doch auch nicht grundlos in der Klinik sein. Oder?

Ich weine. Ich rede von Martin und meiner Mutter. Von meiner Angst. Und ich weine. Noch immer und immer wieder, bis der Faden für den Rest des Tages reißt. Alles wird blass. Bis das Blasse grau wird – und das Graue schwarz.

Diesem ersten gesichtslosen Tag folgen viele weitere dieser Art. Es sind die Tabletten, die mich so ruhig werden lassen, dass ich, wenn ich gerade nicht schlafe, sogar an meinem Manuskript, einem Teil meiner Wildrosen-Serie, arbeite. Und es macht sogar Freude, zumindest daran erinnere ich mich.

Ansonsten ist im Rückblick nicht mehr viel da.

Ich weiß, dass die Psychologin, Frau Geiss, mit mir gesprochen hat. Ich habe noch ihr Gesicht vor Augen, weiß, dass ich ihr gegenüber gesessen habe. Aber wo? In einem Büro? In meinem Zimmer?

Dass die fehlende Erinnerung an die ersten Tage den Tabletten zuzuschreiben ist, erklärt man mir später. Vielleicht ist es auch ganz gut so.

Ich erinnere mich jedoch an den Drang, meinen Draht zur Welt nicht zu verlieren. Mein Vater Albert und mein Mann David sind in dieser Zeit die einzigen Menschen, von denen ich Besuch bekomme. Andere Gesichter würden mich überfordern. Stattdessen gebe ich hin und wieder Lebenszeichen im Internet, vorzugsweise auf Facebook, von mir. Lebenszeichen, die ich in die Welt schicke und deren Echo mir neuen Mut zuspricht. Das Echo von Menschen, die mir fremd und vertraut zugleich sind.

Irgendwie, das wird mir ansatzweise klar, bin ich doch nicht allein.

Oder?

Mein Vater behandelt mich mehr als sonst schon als Kind. Sein kleines Mädchen muss beschützt werden. Er gibt mir mit seinem von der Natur gegebenen Optimismus Hoffnung. Mit jedem seiner Besuche, bei denen er mir von meinem Hund Harkon und unserer Katze Emmi erzählt, die ich beide so vermisse. Aber auch an meinen Mann David klammere ich mich. Er ist Familie, Vertrautheit, Sicherheit. Irgendwie das letzte bisschen meiner Normalität.

Wenn mein Vater und David nicht da sind, schlafe ich viel. Mein Körper scheint sich das, was er braucht, von selbst zu holen.

Mein Zimmer teile ich mittlerweile mit Hanna, einer sehr amüsanten Zeitgenossin, Mitte Zwanzig, kräftig gebaut mit blonder Kurzhaarfrisur, die über beinahe jeden Satz aus meinem Mund lacht. Ein Umstand, der mich in meinem alten Leben genervt hätte. Hier ist es jedoch genau das Richtige. Die perfekte Begleitung auf meinem Weg, das wird mir schnell klar. Niemand gibt so unbewusst so viel Hoffnung wie Hanna.

Und so gehen die Tage und Nächte nahtlos ineinander über. Dazwischen wieder der Schlaf, eine Leidenschaft, die ich mit Hanna teile. Eine Tatsache, die sie zur perfekten Zimmernachbarin macht.

Schlaf. Viel Schlaf. Ein endloses Band, das nur von den Mahlzeiten unterbrochen wird. Mahlzeiten, bei denen nach und nach aus einer Viertelscheibe Brot eine halbe wird, aus einer halben eine ganze und aus einer ganzen irgendwann sogar zwei.

Hoffnung.

*

Statusmeldung, 1. März 2013

Liebe Freunde,

ich weiß, ich mache mich gerade etwas rar. Ich bin noch immer im Krankenhaus, was wohl noch eine Weile so bleiben wird. Noch geht es mir nicht sehr viel besser, was es mir schwer macht, darüber zu reden. Aber im Grunde stehen alle Chancen auf baldige Genesung, was mich hoffen lässt, dass es auch mir

bald besser geht. Ich möchte euch von Herzen für die lieben Grüße danken und euch sagen, dass mir eure Worte sehr geholfen haben und noch immer helfen. Ihr seid ein kleiner, aber wichtiger Draht zur Welt. Danke.
Nancy

*

Ich mache Fortschritte, das merken auch die Ärzte. Meine anfängliche Lethargie ist einer beinahe schon guten Laune gewichen.

Ich schreibe. Ich rede. Ich esse.

Gründe zur Hoffnung.

Ich habe angefangen, an den Therapien teilzunehmen. Therapien, die die Gruppendynamik und das Zugehörigkeitsgefühl stärken sollen.

Ergotherapie, Bewegungstherapie. Alles läuft. Und ich laufe mit.

Ein Grund für die Ärzte, mich von der Gruppe A, der geschlossenen Station, in die Gruppe B, die offene Station, einzuordnen. Die Gruppe, in der es mehr Therapien, mehr Gespräche, mehr Bewegung gibt. Irgendwie mehr von allem.

Zeitgleich hat mich eine schlimme Erkältung erwischt, die meine Euphorie über die ersten Fortschritte verblassen lässt. Hinzu kommt die Angst vor dem Ungewohnten. Bin ich wirklich stark genug, um in der neuen Gruppe zurechtzukommen?

Die Gruppe B hat zu der Zeit mehr Teilnehmer als Räume, deshalb werde ich in meinem alten Zimmer bleiben dürfen, verspricht man mir. Bei Hanna.

Aber reicht das an Vertrautem? Bin ich schon stabil genug, um den Tag mit Morgengymnastik zu beginnen und fast lückenlos Therapien mitzumachen?

Ich fürchte mich vor dem Neuen, vor dem Unbekannten. Sogar die Mahlzeiten, die ich schon gemeinsam mit der neuen Gruppe einnehmen soll, jagen mir Angst ein. Aber bis es soweit ist, steht meine erste Teilnahme an der Depressionsrunde an.

Es ist der 4. März 2013. Der erste Tag meines neuen Lebens.

Kapitel 3 – Der 4. März

Montag, 14.30 Uhr – Depressionsrunde, Therapieraum.

Mein Therapieplan informiert mich relativ unspektakulär über diese Tatsache.

Die Erkältung sitzt mir noch immer in den Knochen und ich habe weder Lust auf ein Zusammensitzen mit anderen Depressiven noch möchte ich in die Gruppe B eintreten, wie es mir die Ärzte angeraten haben.

Alles, was ich will, ist mein Bett. Dementsprechend demotiviert gehe ich mit strähnigem Haar, schlechter Haut und Schlabberpulli in besagten Therapieraum.

Mir ist egal, wie ich aussehe. Erst recht, was andere darüber denken. Ich will einfach nur die Zeit totschlagen. Und wie meine Krankenhauserfahrung zeigt, interessiert es die totzuschlagende Zeit herzlich wenig, ob ich geschminkt bin oder meine Jogginghose Flecken hat.

Es ist kurz vor halb drei. Ich bin die Letzte, die den Raum betritt. Alle anderen Teilnehmer sind schon da.

Ich suche mir einen Platz hinten im Raum, direkt neben der Tafel, der einzige Stuhl, der noch frei ist. Von hier aus sehe ich alles und jeden. Kein schlechter Anfang.

Und plötzlich ist er da, wie aus dem Nichts, dieser eine Moment. Der Moment, der aus meinem bisherigen Klinikaufenthalt eine neue Etappe und aus diesen bisherigen, eher trostlosen Zeilen meines Rückblicks einen ersten Anflug von Leben werden lässt.

Leben.

Ja.

Das ist die passende Umschreibung. Die passende Umschreibung für alles, was in genau dieser Sekunde geschieht, auch wenn ich diesen Moment erst später als diesen einen besonderen Augenblick erkennen werde.

Er sitzt mir genau gegenüber. Zwischen uns vielleicht vier Meter. Oder fünf?

Er ist nicht der Schönling im eigentlichen Sinne, aber vermutlich deshalb umso interessanter. Genau die Art von Mann, die mir (und das wird mir so richtig erst in diesem Augenblick bewusst) schon immer gefallen hat. Ich mag keine aalglatten Typen mit Föhnfrisur oder Schmierhaaren. Ich mag es kantig, besonders, eigen. So wie bei ihm, dem noch namenlosen Patienten im Therapieraum. Dem Mann im Kojak-Look, genauso, wie ich es mag. Vor allem, wenn Männer eine so schöne Kopfform haben wie er.

Eine schöne Kopfform. Ist es tatsächlich das, was mir in diesem Moment als Erstes auffällt?

Ich war nie so oberflächlich, dass mich das gute Aussehen eines Mannes über die Maßen interessiert hätte, nicht zuletzt deshalb, weil ich verheiratet bin und meinem Mann, mit dem ich zu dem Zeitpunkt seit 14 Jahren zusammen bin, immer treu war.

In diesem Augenblick jedoch packt mich eine fast schon unangemessene Aufmerksamkeit. Nicht, weil er mir optisch gefällt, *zumindest nicht nur*, es ist vielmehr der flüchtige Blick in seine Augen, der meine Sinne für den Bruchteil von Sekunden zum Stillstand bringt.

Augen in geradezu leuchtendem Eisblau, die so tief und so voller Emotionen sind, dass ich für einen Moment innehalte. Der Schmerz, den er durchgemacht hat, muss bohrend sein. Das erkenne ich bereits beim ersten Blick in das tiefe Eisblau, in dem ich für einen zeitlosen Atemzug versinke. Und doch erkenne ich neben all dem Schmerz eine so unglaubliche Kraft in seinen Augen, dass ich Gänsehaut bekomme.

Die Realität holt mich wieder ein, als Frau Geiss, unsere Therapeutin, den Raum betritt und die Tür hinter sich schließt.

Gut sieht sie aus. Blonde Engelslocken mit entsprechender Elfenfigur. Irgendwie nicht die Art von

Frau, die man sich als Therapeutin vorstellt. Aber warum eigentlich nicht?

„Hallo, liebe Teilnehmer“, flötet sie, während sie sich auf den Stuhl vor der Tafel setzt, „ich begrüße Sie herzlich zur Depressionsrunde.“

Passen die Worte herzlich und Depressionsrunde wirklich zusammen?

Ich schlucke.

Mein Blick wandert erneut zu den eisblauen Augen. Irgendetwas darin blendet den Rest des Raumes für einen Moment aus.

Plötzlich bereue ich es, dass ich mir die Haare nicht zusammengebunden oder wenigstens etwas Lidschatten aufgelegt habe. Aber wer rechnet schon damit, in der Depressionsrunde ein derart interessantes Gegenüber anzutreffen? Und was noch viel wichtiger ist: Wer rechnet damit, dass es mich interessiert, dass ich solch einem Gegenüber begegne? Nach all der Emotionslosigkeit der letzten Wochen, nach all dem Desinteresse für meine Mitmenschen?

Wie es das Schicksal will (und das Schicksal will scheinbar so einiges), sind es genau der Eisblaue und ich, die zum ersten Mal in der Runde dabei sind, während die schätzungsweise sieben anderen Teilnehmer bereits alte Hasen im Depressionsrundengeschäft zu sein scheinen.

Demzufolge sind auch wir zwei diejenigen, die sich zuerst vorstellen sollen. Damit man uns kennenlernt, erklärt uns Frau Geiss.

Kennenlernen.

Ja. Eine gute Idee.

Und von einem Moment auf den anderen bekommt das Eisblau einen Namen, ein Alter und eine Geschichte.

Bastian, 50 Jahre alt, Witwer.

Er schildert sein Schicksal in der Kurzfassung.

Ein Jahr ist es her, dass er seine Frau verloren hat, nur drei Tage später wurde ihm das Haus weggenommen und beinahe hätte er auch seinen letzten Lebensinhalt, seine drei Hunde, verloren.

Trotzdem jammert er nicht. Er nennt die Dinge einfach nur beim Namen, damit man versteht, warum er hier ist und wie es zu alledem kam, auch wenn es gerade Letzteres ist, das er selbst noch immer nicht wirklich begreifen kann. Schließlich habe er doch alles, was er braucht. Eine fürsorgliche Familie, Freunde, die für ihn da sind. Einen Sportverein, einen interessanten Job.

„Am wohlsten fühle ich mich aber bei meinen Hunden“, sagt er, während er den Blick durch die ausdruckslose Menge schweifen lässt. „Wenn ich mit ihnen zusammen bin, bin ich glücklicher als in einem Raum voller Menschen.“

Jeder weiß, dass er damit auf diese Runde anspielt. Diese Runde voller einsilbiger Patienten, die penibel darauf achten, kein Wort zu viel zu sagen.

Die Liebe zu seinen Hunden, die allein im Aufblitzen seiner Augen deutlich wird, imponiert mir. Ich treffe selten jemanden, der meine extreme Tierliebe teilt. Die Liebe zu Tieren, die einem nicht selten wichtiger ist als mancher Mitmensch.

Frau Geiss bedankt sich bei Bastian und mustert mich mit erwartungsvollem Blick.

„Mein Name ist Nancy Salchow“, beginne ich und wie so oft seit meiner Einweisung erzähle ich von meinem Bruder Martin, von meiner Mutter und meiner Angst, selbst an Krebs zu erkranken. Von meiner Flucht in die Worte, die mich abgelenkt hat. Von meiner Trauer und der Angst vor der Angst.

Wieder kann ich meine Tränen nicht zurückhalten. Ich spüre Bastians Blick im Augenwinkel. Meine Geschichte scheint ihn ebenso zu bewegen, wie mich seine berührt hat.

In diesem Moment wird mir bewusst, dass der Gedanke, in die Gruppe B zu wechseln, plötzlich gar nicht mehr so bedrohlich ist. Immerhin ist mir jetzt zumindest ein Mitglied der Gruppe bekannt, das ich gern näher kennenlernen möchte. Jemand, zu dem ich, ohne ein Wort mit ihm gesprochen zu haben, schon jetzt einen ganz besonderen Draht spüre. Fast so, als würden wir das Schicksal des jeweils anderen teilen. Zudem ist er der Einzige in der Depressionsrunde – das wird mir nach den Vorstellungen der anderen Teilnehmer bewusst –, dessen Krankheitsursprung ebenfalls im Verlust eines geliebten Menschen liegt.

Während ich den anderen Teilnehmern zuhöre, wird mir umso klarer, dass Bastian und ich die einzigen Menschen in der Gruppe sind, die kein Problem damit haben, vollkommen offen über ihre Krankheit zu reden. Manche der Patienten reden kaum etwas, wieder andere versuchen es, haben aber immer wieder Hemmungen, vollkommen aus sich herauszugehen. Bastian und ich jedoch scheinen die Fähigkeit des offenen Redens miteinander zu teilen. Ein Umstand, der meine Angst vor der Gruppe B zusätzlich schmälert. Endlich habe ich jemanden gefunden, von dem ich schon jetzt weiß, dass wir uns verstehen werden.

Wenn ich heute zurückschaue, scheint es verrückt, aber schon in diesem Moment spüre ich diese ganz besondere Verbindung zu ihm. Ich fühle, dass ich ihm meine Gedanken zur Krankheit anvertrauen kann. Dass er versteht, was ich denke und durchmache. Und dass ich verstehe, was in ihm vor sich geht.

Doch meine ersten Anflüge unangebrachter Illusionen verpuffen, als die Stunde vorbei ist. Die Depressionsrunde löst sich auf – und Bastian? Weg. Einfach weg. Verschwunden im Getummel von Depressiven.

Sicher auf seinem Zimmer, rede ich mir ein und drücke den Klingelknopf, der mir die Tür zur geschlossenen Station öffnen soll. Die nächste Mahlzeit, das Abendessen, findet in Gruppe B bereits um 17.15 Uhr statt.

Ich schaue auf die Uhr.

Kurz nach halb vier.

Genügend Zeit also, um mich vor dem Essen noch einmal hinzulegen. Die Erkältung scheint den letzten Funken Kraft aus meinen Knochen gezogen zu haben. Zeit, sich auszuruhen.

Doch während ich mich auf mein Bett fallen lasse und an die Decke starre, nistet sich die Furcht in altvertrauter Hinterlistigkeit in meinem Kopf ein.

Ich habe noch immer Angst vor der neuen Gruppe, auch wenn ich nach wie vor bei Hanna auf der alten Station übernachten darf. Die Angst vor den neuen Menschen und Therapien wächst jedoch stetig.

Ein Windhauch schleicht sich durch das angewinkelte Fenster. Ich höre mir selbst beim Atmen zu.

Ein.

Aus.

Ein.

Aus.

Der Gedanke an die eisblauen Augen wird wach.

Bastian.

Zumindest ihn werde ich beim Abendessen in der neuen Gruppe wiedersehen.

Ob er mich überhaupt wahrgenommen hat?

Irgendwann schlafe ich ein.

Als mich mein Handy weckt, ertappe ich mich bei der Vorfreude auf das Vollkornbrot. Irgendwie hat das krankenhaustypische Essen fast schon etwas Charmantes an sich. Oder sind die eisblauen Augen der Grund für meine Vorfreude?

Mein Elan reicht zwar nicht für eine optische Generalüberholung, aber zumindest gönne ich mir ein Zopfgummi und etwas Eyeliner, was verglichen mit meinem Zustand der letzten Tage fast schon einem Makeover in Hollywood-Manier gleichkommt.

Ich betrachte mich ein letztes Mal im Spiegel.

Ist das dasselbe Leuchten in den Augen, das man mir immer nachsagte? Strahle ich noch immer so wie früher? Und wenn jetzt jetzt ist, wann ist dann früher? Vor einem Jahr? Vor zwei Jahren? Oder fünf?

Seufzend schließe ich die Badezimmertür und verlasse mein Zimmer. Hanna ruft mir zu, dass ich gut aussehe. Nett von ihr. Finde ich.

Aber Hanna ist so. Und deshalb kann ich mir vermutlich nicht allzu viel darauf einbilden.

Am Schwesternstützpunkt angekommen, betätige ich wie gewohnt den Klingelknopf. Mit monotonem Kopfnicken öffnet die Schwester die Tür, die mir surrend den Übergang auf die offene Station ebnet.

Abendessen.

In der Gruppe B scheint man den Patienten trotz der Tatsache, dass sich hier die „Stabileren“ befinden, nicht dieselbe Selbstständigkeit zuzutrauen wie der Gruppe A. Als ich mein Tablett aus dem Wagen holen möchte, bemerke ich, dass es bereits auf dem gedeckten Tisch steht. Auf einem Platz, den irgendjemand für mich festgelegt hat. Eine Tatsache, die mich mehr stört als der geschmacklose Kräuterquark. Fremdbestimmung nervt. Und mich ganz besonders.

„Wir haben hier einen Tischdienst. Zwei von uns decken den Tisch auf und wieder ab“, erklärt mir Teresa, die so etwas wie das Sprachrohr der Gruppe zu sein scheint. Später erfahre ich, dass sie die Gruppenleiterin ist. Ein Amt, das jede Woche neu gewählt wird.

Ich setze mich auf den Stuhl vor dem Tablett mit meinem Namen. Mein Blick wandert zu den anderen Tabletts, auf denen in fast schon symbolischer Anordnung Papierschnipsel liegen. Ein Ritual, das ich von diesem Moment bis zum letzten Tag meiner Anwesenheit nicht verstehen werde: Das Durchreißen des Namensschildes. Ich frage mich, was genau passiert, wenn ich das Namensschild nicht durchreiße und es einfach auf dem Tablett liegen lasse, sobald es wieder in den Wagen geschoben wird. Aber ich unterdrücke die Frage, weil sie schlichtweg dämlich ist – wenn auch nicht viel dämlicher als die Papierschnipsel auf dem Tisch.

„Ich bin ziemlich erkältet“, hauche ich über den Tisch, „ich hoffe, ich stecke niemanden an.“

Irgendjemand lächelt mir aufmunternd zu. Dann wird gegessen. Schweigend und diszipliniert. In einem Rhythmus, der an Fließbandarbeit erinnert. Eine Hand zum Mund, eine Hand zum Tisch, eine Hand zum Mund, eine Hand zum Tisch. Eine Hand zum ...

Ich seufze lautlos. Ich vermisse die Unbefangenheit der Gruppe A, in der sich Depressionen mit anderen psychischen Störungen den Platz am Tisch teilen. Unruhe und Verrücktheiten, die zumindest eines tunlichst vermeiden: Routine.

Erst jetzt bemerke ich, dass meine Angst vor der neuen Situation einen Gedanken vollkommen ausgeblendet hat: Den Gedanken an Bastian.

„Wo ist eigentlich der andere Patient?“, frage ich so beiläufig wie möglich.

„Welcher Patient?“

„Na der, der heute auch in der Depressionsrunde war. Der ohne Haare.“

Der ohne Haare?

Eine sehr geschickte Formulierung. Aber man scheint sofort zu wissen, wen ich meine.

„Keine Ahnung“, antwortet Teresa und ihr Tonfall lässt mich für einen Moment vermuten, dass Gespräche beim Essen hier nicht üblich sind. „Zu unserer Gruppe gehört er jedenfalls nicht. Vielleicht ist er schon entlassen worden.“

Ich schlucke meine Gewürzgurke herunter.

Entlassen? Jetzt schon?

Meine Gedanken verlieren das letzte bisschen Farbe. Also doch kein Lichtblick. Kein Austausch mit einem Gleichgesinnten.

Ich lasse meinen Blick erneut durch die Runde schweifen. Roland, ein redseliger Patient um die sechzig, wirkt alles andere als depressiv. Ganz im Gegensatz zu Jonas, der seit meiner Ankunft im Essenraum kein einziges Wort gesprochen hat.

Die anderen Patienten sind weiblich. Doch zu keinem von ihnen spüre ich einen Draht. Zumindest gibt sich niemand von ihnen Mühe, mir das Ende eines Drahts hinzuhalten.

Oder bilde ich mir das nur ein?

Ich huste. Lauter. Schmerzlicher. Wo ist mein Bett? Wo ist die Nacht? Irgendetwas von beidem brauche ich jetzt. Und zwar dringender als etwas zu essen.

*

Die farblose Welt stiehlt sich in schmale Augenschlitze. Es fällt mir schwer, irgendetwas zu sehen oder auszumachen.

Es ist sieben Uhr. Und wieder geht eine unruhige Nacht zu Ende, in der sich die Zimmertür alle ein bis zwei Stunden geöffnet hat. Die übliche Kontrolle, die mich jedes Mal aus dem ohnehin sehr leichten Schlaf reißt.

Hinzu kommt eine Erkältung, die mich zusätzlich schwächt. Husten, Schnupfen und ein Gefühl von tausend Stecknadeln in meiner Kehle.

Irgendwem habe ich gesagt, dass ich nicht an der Morgengymnastik der Gruppe B teilnehmen werde. Nicht in diesem Zustand. Und man versteht es. Auch die Tatsache, dass ich erst mal alle Therapien auslassen werde. In dieser Verfassung bin ich ohnehin nur ansteckend.

Trotzdem – oder gerade deshalb – wird mir eines immer klarer: Ich muss raus hier! Es geht mir doch schon sehr viel besser, oder? Und zu Hause könnte ich wenigstens zur Ruhe kommen. Zu Hause, wo mir niemand sagt, zu welcher Zeit ich zu essen habe. Zu Hause, wo mich niemand beim Schlafen stört. Zu Hause, wo ich nicht mit anderen Depressiven durch den Raum tanzen muss, nur um dem bedeutungsschweren Titel „Tanztherapie" gerecht zu werden.

Die Worte des Arztes bei meiner Einweisung werden erneut in mir wach: „Niemand hält Sie hier gegen Ihren Willen fest, Frau Salchow."

Als ich die Ärzte bei der Visite mit meinem Wunsch und der Tatsache konfrontiere, dass es mir doch schon sehr viel besser geht, erklärt man mir, dass man mich nicht entlassen könne, solange ich noch die zusätzlichen Beruhigungstabletten nehme, da die Einnahme nur unter ärztlicher Aufsicht erfolgen darf.

„Dann nehme ich sie eben nicht mehr", antworte ich.

„Diese Tabletten kann man nicht sofort absetzen", erklärt mir der Arzt mit dem Auskenner-Blick. „Das Absetzen muss schleichend geschehen."

„Schleichend?"

„Wir reduzieren Ihre Dosis, bis Sie nur noch die Antidepressiva nehmen. Die können Sie dann auch zu Hause ohne ärztliche Aufsicht einnehmen."

„Das klingt doch prima", jubele ich.

Der Arzt mustert mich mit hochgezogener Augenbraue. Ein Blick, für den er sicher irgendein Diplom in seinem Büro hängen hat.

„Sind Sie sicher, dass Sie die Klinik verlassen wollen?", fragt er erneut. „Es könnte auch sehr gut sein, dass es Ihnen nur so gut geht, weil die Beruhigungsmittel Ihnen die Angst nehmen. Die Antidepressiva brauchen nämlich in der Regel zwei bis drei Wochen, bis sie anfangen zu wirken und jetzt sind Sie gerade mal acht Tage hier."

„Ich *bin* sicher", antworte ich ruhig.

„Also gut." Der Arzt klappt meine Akte zu. „Dann werden wir heute Mittag mit dem langsamen Reduzieren beginnen und in spätestens drei Tagen dürfen Sie die Klinik verlassen."

„In drei Tagen? Ich möchte aber so schnell wie möglich nach Hause. Können wir die Tabletten nicht sofort absetzen?“

„Ist das wirklich Ihr Wunsch?“

„Ja.“

Und man erfüllt ihn mir.

*

Meine Kehle wird enger. Wieder überkommt es mich, das lähmende Gefühl in den Unterarmen. Irgendjemand scheint meine Venen zuzuschnüren.

Ich starre an die weiße Decke. Wann beginnt die Nacht? Und wann beginnt mein Körper, sich auf die Nacht einzustellen?

Ich brauche die Tabletten nicht. Ich habe sie vorher auch nicht gebraucht.

Ich versuche, mich an die Zeit zu Hause zu erinnern. An die Zeit vor der ersten Panikattacke. So lange ist es doch noch gar nicht her. Und ich konnte schlafen. Sehr viel schlafen. Warum also jetzt nicht?

Die Heizung gurgelt. Hanna lacht über irgendetwas.

Ich schweige und starre noch immer an die Decke.

Ich brauche die Tabletten nicht. Ich habe sie vorher auch nicht gebraucht.

Mein Handy brummt. Die SMS einer guten Freundin. Man denkt an mich. Aber es reicht nicht.

Wie soll ich das nur schaffen? Wie soll ich die Nacht überstehen und wie den nächsten Tag? Die nächste Woche? Mein Leben?

Ich schwitze. Ich friere.

Dieser verdammte Husten.

Ich brauche die Tabletten nicht. Ich habe sie vorher auch nicht gebraucht.

Mit zitternden Händen greife ich nach meinem Handy. David hat Spätschicht. Es ist kurz nach sechs und er muss bis um acht arbeiten.

Instinktiv rufe ich meinen Vater an.

„Bin ich stark genug, um ohne Tabletten einzuschlafen?"

„Setz dich nicht unter Druck, Nancy. Irgendwann wirst du einschlafen. Und wenn es nicht geht, bleibst du eben in der Klinik und nimmst die Tabletten weiterhin."

„Aber ich will hier nicht bleiben." Ich weine. „Ich will nach Hause. Ich will meine Ruhe, ich will endlich meine Ruhe."

Während ich diese Worte ausspreche, merke ich, dass der Gedanke an zu Hause plötzlich nicht mehr beruhigend ist. Was, wenn es mir zu Hause genauso schlecht geht? Was, wenn mich dort wieder die Panikattacken überkommen?

„Kannst du heute noch herkommen, Papi?“

„Natürlich kann ich kommen.“

„Kommst du dann bitte nachher gleich?“

„Ich bin gleich da.“

Und er hält sein Versprechen. Weinend stürze ich mich in seine Arme. Ein Bild, das so gar nichts mit mir zu tun hat. Ein Häufchen Elend, das eher an ein sechsjähriges Mädchen erinnert als an eine erwachsene Frau. Tränenüberströmt liege ich auf dem Bett, während er mich mit behutsamen Worten zu trösten versucht.

„Glaub mir, Nancy, wenn das alles vorbei ist, wird es dir besser gehen als vor der Krankheit“, erklärt er mir. Immer und immer wieder.

Und ich glaube ihm. Tief in meinem Inneren glaube ich ihm wirklich. Nur in diesem Moment bin ich einfach nicht stark genug, um mich daran zu erinnern.

Ich brauche die Tabletten nicht. Ich habe sie vorher auch nicht gebraucht.

Oder?

Die Heizung gurgelt. Hanna lacht.

*

Es ist kurz nach sieben. Frühstückszeit. Aber nicht für mich. Alles, was ich jetzt will, ist ein Gespräch mit den Schwestern.

Mit schweren Beinen und Brummschädel zittere ich mich zum Schwesternstützpunkt.

„Bitte geben Sie mir die Beruhigungstabletten", flehe ich. „Es ist mir egal, wie lange ich noch in der Klinik bleiben muss, nur bitte geben Sie mir die Tabletten."

„Natürlich bekommen Sie eine Tablette, Frau Salchow." Die Schwester mit den langen Beinen und der extravaganten Brille nimmt meine Hand. „Die Ärzte haben die Tabletten nach wie vor als Bedarfsposition in Ihrer Kartei stehen. Wir können Ihnen also sofort eine geben."

„Und bitte lassen Sie mich in der Gruppe A", fahre ich mit zitternder Stimme fort. „Ich bin noch nicht bereit für die Therapien und all die neuen Menschen."

Man scheint überrascht über die rapide Verschlechterung meines Zustands, immerhin hat man mich erst aufgrund meiner stetigen Verbesserung in die neue Gruppe eingeteilt. Umso einschneidender scheint nun der Eindruck zu sein, den ich hinterlasse.

„Machen Sie sich keine Sorgen“, beruhigt mich die Schwester. „Wir tun hier nichts, was den Zustand unserer Patienten verschlechtert. Natürlich können Sie erst mal in dieser Gruppe bleiben. Wir reden mit den Ärzten und nachher in der Visite können Sie auch noch mal alles in Ruhe mit der Ärztin besprechen.“

Die Tablette zergeht wie ein vertrautes Geheimnis auf meiner Zunge. Endlich. Endlich wird alles gut. Zumindest in dieser kleinen Welt.

Kapitel 4 – Alles gut

Ich komme mir vor wie eine Autistin, die jede neue Situation überfordert, denn kaum hat man mir eingestanden, in der Gruppe A bleiben zu dürfen, überkommt mich eine geradezu befriedigende Routine.

Das Essen schmeckt. Das Schlafen klappt. Die Sonne scheint.

Alle Zeichen stehen auf Fortschritt. Mit Abklingen der Erkältung gelingt es mir sogar, an den Therapien teilzunehmen.

Es ist keine Freude im eigentlichen Sinne, auch keine Euphorie oder beflügelnde Hoffnung. Vielmehr ist es die nüchterne und doch so willkommene Zufriedenheit, die mich auf meinem täglichen Weg durch die Krankenhausflure, Aufenthaltsräume und in mein Zimmer begleitet. Zufriedenheit über die Tatsache, schlafen zu können. Zufriedenheit über das Versprechen, bis auf weiteres in der Gruppe A bleiben zu dürfen. Hier bei Hanna. Hier in meinem Bett, von dem aus ich in teils gespielter, teils echter Hoffnung meine Botschaften in die Welt sende. Über das Internet. Dort, wo alles irgendwie noch immer wie vorher ist.

Es geht mir gut. Zumindest so gut, wie es einem zu diesem Zeitpunkt mit dieser Diagnose gehen kann – und vor allem: mit diesen Tabletten, die zu meinem treuen Begleiter geworden sind.

Mit diesen zufriedenstellenden Gedanken im Hinterkopf schleiche ich mich durch die Tage. Mehr will ich ja gar nicht. Ruhe und den Glauben daran, dass alles gut wird. Dass ich mich selbst wieder in den Griff bekomme – auch dann, wenn ich eines Tages keine Tabletten mehr bekomme.

Ein zu hohes Ziel?

Nein. Irgendwie werde ich es schon schaffen, da bin ich sicher.

Es ist ein Morgen, wie es im Krankenhaus viele gibt. Frühstück, Tabletten, Blick auf den Therapieplan.

Die erste Position auf dem Plan: Ergotherapie.

Wie eine Armee kopfloser Soldaten marschieren die anderen Patienten und ich durch die von den Schwestern geöffnete Sperr-Tür, über den breiten Stationsflur in Richtung erstes Obergeschoss. Als ich neben meiner Mitinsassin Carmen die Mitte der Treppe erreiche, wandert mein Blick nach unten, wo sich eine Sekunde zuvor auf der rechten Seite die Tür zum anderen Krankenhausflügel geöffnet hat. Zwei Männer überqueren den Flur, um zur anderen Station zu gelangen. Einer Station, der ich bis zu dem Zeitpunkt keine weitere Aufmerksamkeit geschenkt habe. Aber jetzt, hier in diesem Moment, ist es nicht nur die Station, die meine Aufmerksamkeit bekommt.

Bastian. Er ist es wirklich.

In einem hellblauen Sweatshirt und einem auffällig lässigen Gang, der nicht so recht zu seinen tieftraurigen Augen passen will, prägt er sich in meinen Verstand wie Initialen in einen Ring.

Er ist hier. Noch immer. Er wurde nicht entlassen.

Mein Herz beginnt zu klopfen, während ich von der Treppe aus zu ihm herunterschaue.

Hat er bei unserer ersten Begegnung auch schon so gut ausgesehen?

Während er sich mit dem anderen Mann unterhält, wandert sein Blick unweigerlich in meine Richtung. Für einen kurzen Moment scheint die Zeit stillzustehen. Unsere Blicke halten einander fest. Nur kurz und scheinbar beiläufig. Trotzdem spüre ich, dass es mehr ist. Nicht nur für mich. Auch er scheint mich ganz bewusst wahrzunehmen. Oder bilde ich es mir nur ein?

Nein. Irgendetwas schwebt in der Luft, das spüre ich ganz deutlich.

Langsam verschwindet er wieder aus dem Blickfeld, während ich das Obergeschoss erreiche.

Mein Herzklopfen schiebt augenblicklich ein Lächeln auf meine Lippen. Innerhalb weniger

Sekunden bekommt mein Krankenhausaufenthalt einen neuen Sinn: Die Suche nach der Chance, ihn wiederzusehen. Denn so klein die Chance auch ist, sie ist die Suche wert, das wird mir in diesem Moment klar.

„Alles okay?“, fragt Carmen, die mich irritiert von der Seite mustert.

Ich nicke.

„Ja“, antworte ich grinsend. „Alles okay.“

*

Statusmeldung, 7. März 2013

Liebe FB-Freunde,

nach einigen Tagen des Überlegens habe ich mich dazu entschlossen, einen sehr persönlichen Teil meines Lebens mit euch zu teilen, um verständlich zu machen, warum ich mich demnächst von einigen Dingen verabschieden werde: Vorweg: Der Grund, warum ich derzeit in einer Klinik bin, ist der, dass ich einen Nervenzusammenbruch und schlimmen Burn-Out hatte. Die Ereignisse, die dazu führten, sowie die gesundheitlichen Resultate gehören jetzt nicht hierher und sollen hier auch keine Rolle spielen, Fakt ist nur, dass diese Entwicklung ihre Ursache in der Tatsache hat, dass ich zwei Schicksalsschläge und eine insgesamt sehr schwere Zeit nie richtig verarbeitet habe und mich stattdessen kopfüber in jede Form der Ablenkung gestürzt habe. Erste Anzeichen gab's schon vor längerer Zeit, schon damals versuchte ich, mich zu schonen - diesmal war es allerdings so schlimm, dass ich mir ärztliche Hilfe holen musste und diese Hilfe auch noch eine Weile brauchen werde. Was dies für meinen Kontakt mit euch hier und im Allgemeinen bedeutet: Ich muss und werde viele Stressfaktoren - auch und gerade die positiven - auf das Minimum herabsenken und versuchen, mich größtenteils nur noch dem Schreiben und bald sicher auch wieder einem etwas unbeschwerterem Internet-Dasein zu widmen. Diese Ruhe, die ich natürlich vor allem abseits des Internets finden möchte, möchte ich mir vor allem auch dadurch erhalten, indem ich es mir erlaube, viele Ideen, die in meinem Kopf herumspuken, einfach auch mal verstauben zu lassen. Nicht jedes Projekt muss umgesetzt werden, nicht jedem Ziel muss nachgerannt werden. Was jetzt zählt, ist die Ruhe, der Frieden, um den Blick wieder auf das Wesentliche zu schärfen.

Im Zuge des Abbaus aller Stressfaktoren werde ich unter anderem auch meine Seite "Ich schreibe. Und nicht nur ich" löschen, weil sie - ursprünglich nur als Symbol für faire Autoren & Blogger gedacht - mittlerweile zum Anlass für viele Autoren geworden ist, mich mit diversen Fragen anzuschreiben, weil sie denken, ich könnte ihnen bei vielen Problemen weiterhelfen. Und natürlich habe ich es auch meistens versucht, wie es wohl fast jeder getan hätte, auch wenn ich bei vielen Fragen ebenso ahnungslos war wie jeder andere. Viele Menschen habe ich dadurch zwar sehr lieb gewonnen, aber auch diesen Faktor muss ich nun dringend minimieren und mich wieder auf das besinnen, was ich immer wollte: Das Schreiben.

Gleichzeitig bitte ich um euer Verständnis, wenn ich manche Nachrichten, so sehr ich mich auch über sie freue, derzeit oft unbeantwortet lasse. Manchmal setzen mich gewisse Worte emotional unter Druck (derzeit wühlt mich vieles einfach sehr schnell auf), dass ich lieber gar nicht antworte. Ich hoffe, dass mein Schweigen in dem Moment niemand persönlich nimmt, aber hier muss ich jetzt einfach daran denken, was für eine baldige Genesung am besten ist. Trotzdem (oder gerade deshalb) war es mir wichtig, dies mit euch zu teilen, damit ihr besser versteht, warum ich derzeit kaum hier bin und auch privat so gut wie nie reagiere. Ich bin noch immer da und sicher auch bald wieder redseliger, aber jetzt muss ich erst mal wieder gesund werden - und dafür werde ich viel Kraft brauchen. Danke, dass ihr da seid.

*

Zwei Tage streichen ins Land, in denen ich viel Zeit zum Nachdenken habe. Zwei Tage, in denen ich Bastian nicht begegne und doch bewusst und unbewusst ständig nach ihm Ausschau halte.

Ist er immer noch in der Klinik? Oder ist er längst draußen?

Mittlerweile habe ich herausgefunden, auf welche Station er gegangen ist, als ich ihn von der Treppe aus beobachtet habe: Die Abhängigkeitsstation.

Seltsamerweise jagt mir diese Tatsache keinerlei Schrecken ein. Von Anfang an spüre ich, dass er niemand sein kann, der abhängig ist. Dafür strahlt er trotz der Krankheit zu viel Stärke aus, zu viel Beherrschung. Und auch wenn ich weiß, was eine Krankheit wie unsere anrichten kann, fühle ich von Anfang an, dass er auf der Abhängigkeitsstation fehl am Platze ist. Vielleicht rede ich mir in diesem Moment aber auch einfach nur ein, dass ein Mann, der einen derart bleibenden Eindruck bei mir hinterlassen hat, nicht abhängig (wovon auch immer) sein kann. Vielleicht schreckt mich der Gedanke der Abhängigkeit aber auch deshalb nicht ab, weil ich das Gefühl, die nächste Beruhigungstablette herbeizusehen, selbst nur zu gut kenne.

Die Euphorie, ihn möglicherweise bald wiederzusehen, verblasst langsam. War es wirklich nur Zufall, dass ich ihn von der Treppe aus gesehen habe? Ein Zufall, der einmalig bleiben soll?

Ich vertreibe mir die Zeit neben den Therapien mit E-Mails und der Arbeit an meiner eBook-Serie, die vom Verlag erwartet wird. Meine Lektorin hat mir von Anfang an versichert, dass die Abgabetermine bei Bedarf auch verschoben werden können, trotzdem setze ich mir selbst immer wieder das Ziel, alle Abmachungen zu erfüllen. Den Druck, den ich mir deswegen gerade zu Beginn meiner Krankheit gemacht habe, habe ich mittlerweile versucht auszuhebeln, indem ich mir ein tägliches Pensum von sechs Seiten auferlegt habe, um die Termine fristgerecht einhalten zu können. Sechs Seiten, für die ich in der Regel nicht mehr als ein oder zwei Stunden brauche, da die Arbeit an der Wildrosen-Serie aufgrund der emotionsgeladenen Handlung eher dem Schreiben eines Tagebuchs gleichkommt. Und Tagebücher schreiben sich leicht.

Oder?

Ich freue mich, schreiben zu können, zumal ich von Tag zu Tag ausgeglichener und ruhiger werde. Keine Angstattacken, keine allzu depressiven Verstimmungen. Alles läuft in mehr oder weniger geregelten Bahnen.

Ist es wirklich möglich, dass ich mich bereits jetzt so gut von allem erholt habe? Oder verdanke ich meine Besserung tatsächlich wieder nur den Beruhigungstabletten?

Die Tabletten. Mittlerweile bekomme ich nur noch morgens und abends eine halbe. Ebenfalls ein durchaus positives Zeichen. David und mein Vater, aber auch mein älterer Bruder Paul sind in dieser Zeit meine einzigen Besucher. Mehr Menschen möchte ich auch gar nicht sehen.

David.

Unterbewusst frage ich mich, ob ich ihm gegenüber ein schlechtes Gewissen haben muss, weil mein heimliches Ausschauhalten nach Bastian zur täglichen Mission geworden ist. Doch schon im nächsten Augenblick wird mir klar, dass es keinen Grund für moralische Bedenken gibt. Ich betrüge ihn schließlich nicht, abgesehen davon beruht meine Neugier Bastian gegenüber aller Voraussicht nach nicht auf Gegenseitigkeit und last but not least kann es für meine

Genesung nur von Vorteil sein, dass ich mir meine eigene kleine Alltagsmission erschaffen habe, wenn auch ungeplant. Schließlich ist es genau das, was uns die Therapeuten und Ärzte seit meiner Einweisung predigen: Aufgaben schaffen, kleine Ziele und Missionen.

Und ja, David gibt sich große Mühe, für mich da zu sein. Beinahe täglich ist er in der Klinik, bringt mir neue Klamotten oder Obstsäfte und versucht, mir in dieser Zeit durch seine Anwesenheit ein Trost zu sein. Dass er kein besonders emotionaler Mensch ist, mit meiner exzentrischen Art nie wirklich umzugehen wusste und sich stattdessen lieber zurückzog, wenn ich in meiner Suche nach beruhigenden Worten immer und immer wieder seine Unterstützung suchte, werfe ich ihm zu diesem Zeitpunkt nicht mehr vor, weil ich nach all den Jahren endlich eines begriffen habe: Er kann nichts dafür. Es ist seine Art, die Dinge eher sachlich zu betrachten. Eine Eigenschaft, um die ich ihn in meinem jetzigen Zustand beinahe beneide, da mir Sachlichkeit vieles vereinfachen würde.

Aber ich bin weder sachlich noch einfach. Ebenso wenig sind es die Gedanken, die mir durch den Kopf gehen. Ich weiß, dass David auf seine Weise versucht, mir ein Halt zu sein. Und vielleicht ist das alles, worauf es in diesem Moment ankommt.

Oder das, worauf es ankommen *sollte*?

Ich bin verwirrt. Und doch ist alles so deutlich: Mein Herz hat das Kommando übernommen und gibt mir unweigerlich zu verstehen, was mir gerade gut tut.

Doch der Wunsch, Bastian wiederzusehen und die Frage, ob er überhaupt noch in der Klinik ist, rücken in den Hintergrund, als sich mir ein neues Problem in den Weg stellt: Die Suche nach einem Therapeuten. Es steht fest, dass ich nur so lange in der Klinik bleibe, bis ich auf meine Medikamente eingestellt bin, die eigentliche Therapie kann erst danach beginnen. Meine Optionen: Ein Platz in der Tagesklinik, wo ich als Teil einer Gemeinschaft therapiert werde oder Einzelgespräche mit einem Therapeuten, der meiner Krankheit zu Leibe rückt. Beide Möglichkeiten erfordern Zeit, bis sie überhaupt beginnen können – sowohl mit einem Platz in einer Tagesklinik als auch mit dem Glück, in die Kartei eines geeigneten Therapeuten aufgenommen zu werden, ist frühestens im Sommer zu rechnen. Die Patientenlisten sind lang und die Wartezeit verlangt einiges an Geduld ab.

Aber kann ich wirklich so lange warten?

Die Gewissheit, nach meiner Entlassung (wann auch immer diese sein wird) in erfahrenen Händen zu sein, wird immer wichtiger. Umso glücklicher bin ich über die Nachricht meiner Freundin Bianca, die mich am 8. März erreicht. Wir haben uns lange nicht gehört, auch diese Freundschaft ist eine von vielen, die im Laufe der letzten Jahre, in denen sich meine Krankheit entwickelte, im Sande verlief.

Doch Bianca ist niemand, der vorwirft, sie folgt lediglich dem Wunsch, mir mit ihrer Erfahrung in dieser schweren Zeit beizustehen, von der sie durch meine Online-Lebenszeichen erfahren hat. Denn Bianca weiß, wovon sie spricht. Sie selbst hat sich über Monate hinweg mit Panikattacken und Depressionen gequält und schlägt mir vor, ihre Beziehungen spielen zu lassen, um mich bei ihrem Therapeuten in Rostock unterzubringen. Ein Therapeut, der nicht nur einen hervorragenden Ruf genießt, sondern auch Bianca dabei geholfen hat, ihre Krankheit in den Griff zu bekommen.

Hoffnung keimt in mir auf. Hoffnung auf Hilfe. Hoffnung auf eine Rückkehr in mein altes Leben. Gleichzeitig ist es jedoch gerade mein altes Leben, das mir Angst macht. Eine Angst, die ich nicht so recht entschlüsseln kann.

Wovor habe ich Angst? Mein Mann liebt mich, mein Vater liebt mich, ich habe meine Arbeit, die Liebe zum Schreiben, meine Tiere, ein schönes Zuhause, in dem ich mich wohl fühle.

Und doch ist es in erster Linie mein Zuhause, das mir die meiste Angst einjagt. Ich versuche, es mir damit zu erklären, dass ich meine erste Panikattacke zu Hause bekommen habe, aber wird diese Erklärung auf Dauer genügen, um der Furcht die Macht zu nehmen?

Ich sitze auf einem der Lederstühle im Eingangsbereich des Krankenhauses, direkt neben dem Kaffee- und Süßigkeiten-Automaten, und lese Biancas Nachricht auf meinem Handy, als diese Gedanken erneut Besitz von mir ergreifen. Werde ich stark genug sein, in einigen Wochen nach Hause zurückzukehren? Und falls ja, wer wird sich dort um mich kümmern, wenn ich bis dahin keinen geeigneten Therapeuten gefunden habe? Werde ich allein stark genug sein, meinen Alltag zu meistern, der sich mit jedem Tag in dieser isolierten Welt weiter und weiter von mir entfernt?

Mein Blick wandert zum Automaten.

Schokolade?

Nein. Nicht jetzt.

Mein Handy piept.

Eine neue Nachricht von Bianca gibt mir Hoffnung: Es ist ihr tatsächlich gelungen, ihren Einfluss geltend zu machen und einen Termin bei ihrem Therapeuten zu vereinbaren. Doch genau diese Hoffnung ist es auch, die mich vor das nächste Problem stellt: Der vorgeschlagene Termin ist bereits am 11. März, in drei Tagen also. Solange ich aber in der Klinik bin und auch noch die Tabletten nehme, die nicht ohne weiteres – und das habe ich ja mittlerweile auf die harte Tour gelernt – abgesetzt werden dürfen, kann ich auch nicht nach Rostock fahren, um den Termin wahrzunehmen.

So zeitig einen Termin zu bekommen ist ohnehin mehr als ein Glücksfall, kann ich es mir da überhaupt erlauben, das Angebot abzulehnen? Gleichzeitig weiß ich, dass ich noch nicht stark genug bin, um entlassen zu werden und eine Zwischendurch-Entlassung zu diesem Zeitpunkt unter ebendiesem Medikamenteneinfluss noch nicht möglich ist.

Gerade als ich mir Biancas Nachricht erneut durchlese und darüber nachdenke, was ich auf ihr Angebot entgegnen kann, öffnet sich links von mir die Tür zur Abhängigkeitsstation. Instinktiv schaue ich auf und noch bevor sich eine leichte Hoffnung in mir bemerkbar machen kann, erfüllt sie sich auch schon: Bastian.

Gemeinsam mit einem anderen Patienten überquert er den Flur in Richtung Seitenflügel, der zur Cafeteria führt. Um zur Tür zu gelangen, muss er an mir vorbei.

Ein Schritt.

Zwei Schritte.

Unweigerlich treffen sich unsere Blicke.

Er scheint mir die Überforderung, die Biancas Nachricht bedeutet, anzusehen. Eine Falte schiebt sich zwischen seine markanten Augenbrauen.

Unweigerlich erwidere ich seinen Blick. Vielleicht wirke ich hilflos, vielleicht mitleiderregend. Der Ausdruck in seinen Augen gibt mir zu verstehen, dass er all diese und noch mehr Emotionen in mir erkennen kann.

Oder ist es wieder nur Einbildung? Wunschdenken?

Er scheint etwas sagen zu wollen, doch er schweigt.

Die Besorgnis in seinem Blick bleibt jedoch und trifft mich bis ins Mark. Da sind sie wieder, die eisblauen Augen, die in mir zu lesen scheinen.

Eins.

Zwei.

Dann ist er vorbei, der Moment. Ich unterdrücke das Verlangen, ihm nachzuschauen. Nur aus dem Augenwinkel sehe ich, wie sich die Tür zum Seitenflügel öffnet und er gemeinsam mit dem anderen Mann dort hinter verschwindet.

Endlich erlaube ich mir aufzuschauen, aber alles, was bleibt, ist die Erinnerung an eine Begegnung, die so schnell vorübergegangen ist, dass ich mich frage, ob sie überhaupt stattgefunden hat.

Ich senke den Blick auf mein Handy.

Bianca. Der Therapeut. Die Medikamente.

Der Kreislauf zielloser Gedanken beginnt erneut und mit ihnen das Talent des quälenden Grübelns. Das Grübeln, das wir so dringend verlernen müssen, um die Krankheit in den Griff zu bekommen.

Wie ein blasser Fetzen Licht stehlen sich die Worte der Depressionsrundenleiterin Frau Geiss in meinen Kopf: *Erkennen Sie den Unterschied zwischen Nachdenken und Grübeln*. Ich selbst war es sogar, die die richtige Antwort gab: Nachdenken führt zu einem Ergebnis, Grübeln nicht. Grübeln bedeutet, den kreisenden Gedanken eine unangemessene Macht zu gewähren. Macht über unsere Seele, die so dringend Ruhe braucht.

Doch während ich versuche, gegen das Grübeln anzukämpfen, ertappe ich mich bei einer geradezu unfassbaren Erkenntnis: Ich habe längst mit dem Grübeln aufgehört. Hier und jetzt. Und die Antwort ist so simpel: Bastian. Hartnäckig hat sich sein Blick in meinen Verstand gedrängt und alle anderen Gedanken von einer Sekunde auf die andere in unerreichbare Ferne geschoben. Nur eine Frage bleibt: Hat er mich wiedererkannt? Weiß er, dass wir in derselben Depressionsrunde gesessen haben?

Ich atme ein.

Eisblaue Augen schieben sich erneut in meinen Sinn.

Ich atme aus.

Ob er lange in der Cafeteria bleibt?

Ich atme ein.

Soll ich hier sitzen bleiben?

Ich atme aus.

Und wenn er denkt, dass ich auf ihn gewartet habe?

Ich atme ein.

Und tatsächlich. Die Tür öffnet sich wieder.

Mittlerweile besitze ich das Talent, gar nicht mehr zu realisieren, ob jemand neben ihm geht oder er alleine ist. In diesem Moment sehe ich wieder nur ihn.

Bastian.

In zielstrebigen Schritten nähert er sich. Doch diesmal spüre ich sofort, dass es nicht bei einem Schweigen bleiben wird.

„Alles gut?“, fragt er, als er einen knappen Meter vor mir steht.

Irgendwo im Augenwinkel ist noch jemand anderes. Der andere Patient? Ich glaube, er ist mittlerweile schon auf die Station gegangen. Bastian jedoch steht immer noch vor mir.

„Du bist aus meiner Depressionsgruppe, richtig?“, erwidere ich, als überkäme mich diese Erkenntnis erst in diesem Moment.

Er nickt.

„Ja“, fahre ich schließlich fort. „Alles gut.“

Ich will etwas Kluges sagen. Etwas, das ihn zum Bleiben bewegt, doch mir will einfach nichts einfallen. Wortlos schaue ich ihn an und versinke mit jeder verstreichenden Sekunde ein Stück tiefer in seinen Augen.

Welch ein Klischee!

Bastian nickt mir erneut zu. Ein Nicken, das vermutlich so viel wie „Man sieht sich“ bedeuten soll. Dann wendet er sich ab und berührt den Türöffner zu seiner Station, auf der er keine Sekunde später verschwindet.

Ich fühle mich wie das „Dirty Dancing“-Baby in der Wassermelonen-Szene, als ich ihm hinterherschaue.

Habe ich etwas Falsches gesagt?

Nein. Es war ja nur der Austausch von Höflichkeitsfloskeln. Nichts, das man überbewerten sollte.

Trotzdem ist es genau das, was ich tue. Ich bewerte über. Ich suhle mich regelrecht im Überbewerten.

Sein Blick. Die Falte zwischen seinen Augenbrauen, während er mich besorgt mustert. Alles verschwimmt zu einem Bild, das sich in meinen Verstand meißelt und mich immer wieder auf dieselbe Frage bringt: Interessiert er sich für mich? Oder war es reine Höflichkeit, sich nach meinem Befinden zu erkundigen?

Ich schaue erneut zur Seite, durch die gläserne Eingangstür auf seine Station herüber. Von hier aus kann ich niemanden sehen.

Ich starre erneut auf mein Handy, schiebe es schließlich in die Tasche meiner Sweatjacke und stehe auf. Ich will nicht, dass ich noch immer hier sitze, wenn er zurückkommt. So sehr ich mich auch freue, ihn zu sehen, die Vorstellung, er könnte den Grund meiner Anwesenheit vor dem Kaffeeautomaten durchschauen, ist mir mehr als unangenehm.

Mit einem letzten Blick durch die Glastür wende ich mich schließlich ab und gehe zurück auf meine Station.

Mein Bett wartet. Das Abendessen auch. Und Hanna.

Kapitel 5 – Das Leben ist keine Tanzfläche

Der Sirup zerläuft wie flüssiges Glück auf meinem Vollkornbrot. Nichts könnte weniger zum Abendessen passen, trotzdem (oder gerade deshalb) genieße ich meine abendliche Kaloriensünde auch an diesem Nachmittag, den man uns jeden Tag aufs Neue als Abend auszugeben versucht.

Nein. Kurz nach fünf ist kein Abend. Allenfalls das Ende eines Nachmittags. Trotzdem scheint man hier der festen Überzeugung zu sein, dass jede Aktivität nach fünf so etwas wie die letzte Zuckung vor der Nachtruhe ist.

Der Aufenthaltsraum, in dem die Patienten ihre Mahlzeiten zu sich nehmen, ist mittlerweile zu einem vertrauten Fleckchen Klinik geworden. Einer der wenigen Orte, der nicht an Krankenhaus erinnert und mit dem unscheinbaren Fernsehgerät in der Ecke des Raumes und den Gesellschaftsspielen auf dem Fensterbrett zumindest einen Hauch Normalität vorzutäuschen versucht.

Ich beiße in mein Brot und schaue zu Hanna herüber, die sich gemeinsam mit Ingo, einem bierbäuchigen Grinsebären in den Vierzigern, über irgendetwas Belangloses amüsiert.

Sie kennt Ingo schon seit Jahren aus diversen Einrichtungen und Rehabilitationsmaßnahmen. Beide scheinen ihre Krankheit akzeptiert zu haben und sie anzunehmen, ähnlich wie ein faustgroßes Muttermal im Gesicht, das nicht schön ist, aber aus dem richtigen Blickwinkel nicht mehr zu sehen ist.

Ihre Unbeschwertheit imponiert mir auch an diesem Abend.

Beinahe schon aufdringliches Lachen, das mir unter anderen Umständen den letzten Nerv rauben würde. Hier jedoch gefällt es mir, ihnen zuzuhören und als entspannter Beobachter im Publikum ihres Schauspiels zu sitzen. Ein Schauspiel, das aus oberflächlichen Witzen und dem Austausch unerwünschter Wurstscheiben besteht.

Ich schaue aus dem Fenster und sehe den Schneeflocken beim Tanzen zu. Seit Wochen zieht sich der Winter unermüdlich in nicht enden wollenden Bahnen durch die Tage. Stur. Dickköpfig. Beinahe wie das Leben.

Wie sehr ich den Frühling herbeisehne. Wir sehr wir alle hier den Frühling herbeisehnen. Aber er scheint sich der verzögerten Genesung anzupassen und so lange unter hartnäckigen Schneedecken zu warten, bis sich der Gesundheitszustand langsam in Richtung Sonne bewegt.

Sonne.

Bastian.

Was er wohl gerade macht? Sicher wird auch auf seiner Station um diese Zeit gegessen.

Ich ertappe mich selbst dabei, immer wieder an ihn zu denken, obwohl ich ihn kaum kenne. Für den Hauch eines Moments schreibe ich meine vermutlich unangebrachten Gedanken der Suche nach Ablenkung zu und doch spüre ich unterbewusst, dass das unmöglich alles sein kann.

Nein, da ist mehr. Irgendetwas an ihm fasziniert mich aus Gründen, die nichts mit meiner Krankheit oder dem Wunsch nach Genesung zu tun haben. Und doch lässt sich diese Gewissheit noch nicht in Worte fassen.

„Hattest du heute Besuch?“, fragt Carmen, die mir schräg gegenüber sitzt und an einer Apfelscheibe kaut.

„Mein Vater“, antworte ich leicht abwesend.

„Ich werde ab morgen Tagespatientin“, entgegnet sie stolz.

„Echt?“, frage ich in beinahe aufrichtigem Interesse.

„Ja.“ Sie nickt. „Ich muss nur zu den Mahlzeiten und Therapien hier sein, danach kann ich nach Hause und dort übernachten.“

„Toll“, antworte ich, „das freut mich für dich.“

Carmen strahlt. Es ist das Lächeln einer Frau, die die Freiheit riecht, doch so sehr ich mich auch bemühe, es will kein Neid in mir aufkommen. Viel zu groß ist meine Angst vor der eigenen Rückkehr nach Hause. Viel zu lähmend die Fragen, die ich mir immer und immer wieder stelle: Werde ich in mein altes Leben zurückfinden? Was geschieht, wenn ich die Sicherheit der Klinikwände verlasse?

„Gehst du nachher wieder spazieren?“, ruft mir Hanna über den Tisch hinweg zu.

„Mal sehen“, antworte ich, obwohl ich längst weiß, dass ich es tun werde.

Mittlerweile haben sie sich zu meinem eigenen kleinen Ritual entwickelt, die Spaziergänge auf dem Klinikgelände. Mutig trotze ich mehrmals täglich der beißenden Kälte, ziehe meine schwarze Strickmütze über die Ohren und wage mich durch die gläserne Schiebetür nach draußen.

Ein Lächeln schiebt sich auf meine Lippen, als mir der Grund für die Spaziergänge bewusst wird: Bastian. Wieder mal. Der Flur zwischen meiner Station und dem Ausgang der Klinik führt genau an seiner Station vorbei. Schon jetzt male ich mir aus, ob es eine nächste Begegnung geben und wie sie ablaufen wird.

„Der Kräuterquark ist eklig“, mault Ingo.

Hanna lacht. „Dann iss ihn doch nicht, du Gödel!“

Ich kaue wortlos an meinem Brot.

Wenn nur alle Probleme so leicht zu lösen wären wie Kräuterquark, denke ich, während mein Blick erneut mit den Schneeflocken vor dem Fenster tanzt.

*

Ich schiebe meine Hände in die Manteltaschen und marschiere durch den kalten Abendwind, während sich die Klinik samt Kräuterquark und vermutlich noch immer lachender Hanna langsam wieder in meinen Augenwinkel schiebt.

Sie sind selten lang, meine Spaziergänge und doch genieße ich jeden Schritt in freier Natur. Zumindest versuche ich, mir einzureden, dass ich es genieße.

Viel Bewegung an der frischen Luft – das ewige Mantra der Therapeuten, das sie uns Tag für Tag zu predigen versuchen.

Doch es ist viel weniger die Bewegung, die mich leitet, als die Freude über meine Rückkehr. Meine Rückkehr durch den Klinikeingang, um auf der ledernen Sitzreihe einen Zitronentee aus dem Kaffeeautomaten zu genießen, bevor ich auf meine Station zurückkehre.

Meine Hände umklammern den hellbraunen Plastikbecher, während ich mich langsam auf einen der Lederstühle fallen lasse.

Endlich sitzen. Endlich durchatmen.

Wie schnell die einfachsten Dinge doch anstrengen können.

Das Surren des Türöffners reißt mich aus den Gedanken. Instinktiv schaue ich nach links.

Ist das etwa … ja.

Ich halte den Atem an.

In seinem Sport-Outfit habe ich ihn beinahe nicht erkannt.

Als er mich sieht, bleibt er auf der ersten Stufe der Treppe stehen, die direkt vor meinem Platz ins obere Stockwerk führt.

„Hallo", sagt er mit einem freundlichen Lächeln.

Die kurze, ockerfarbene Hose und das hellgraue Achselshirt geben den Blick auf seinen durchtrainierten Körper frei.

„Hallo", antworte ich, während ich versuche, meine Verlegenheit zu überspielen. „Ist das da deine Station?"

Wieder eine Frage aus dem Dirty-Dancing-Wassermelonen-Katalog.

„Ja." Bastian lächelt. „Aber momentan bin ich meistens oben."

Er deutet mit einem Kopfnicken in Richtung Obergeschoss.

„Sport machen“, fährt er fort.

„Ach so“, entgegne ich einfallslos und senke den Blick für einen Moment auf mein Handy, auf dem erneut eine Nachricht von Bianca aufblinkt.

Nachrichten lesen, während jemand anderes daneben steht – eigentlich mehr als unhöflich. In diesem Moment jedoch freue ich mich, meinen Kopf durch diese simple Geste vorm Rotwerden zu bewahren.

„Alles okay?“, fragt er.

„Eigentlich schon. Es ist nur ...“

„Ja?“ Da ist sie wieder, die Falte zwischen seinen Augenbrauen.

„Eine Freundin von mir hat mir einen Termin bei einem super Therapeuten in Rostock besorgt“, antworte ich schließlich.

„Das ist doch gut.“

„Ja, schon. Aber den Termin kann ich nur dann wahrnehmen, wenn ich offiziell aus dem Krankenhaus entlassen werde. Und das geht nur, wenn ich keine Beruhigungstabletten mehr bekomme.“

Er senkt den Kopf zur Seite und mustert mich mit eindringlichem Blick. Ein Blick, der mich ungewohnt nervös macht.

„Aber die Tabletten können nicht schlagartig abgesetzt werden“, fahre ich fort, während meine Stimme schneller wird. „Das haben zumindest die Ärzte gesagt. Und nun weiß ich nicht, was ich machen soll. So schnell komme ich sicher bei keinem anderen Therapeuten unter und dabei bräuchte ich so dringend einen, sobald ich aus der Klinik entlassen werde. Aber wenn man die Tabletten zu schnell absetzt, riskiert man einen schlimmen Zusammenbruch. Und dann renne ich in meiner Panik vielleicht vor ein Auto oder was weiß ich.“

Bastian schweigt. Ein Schweigen, das ich nicht einzuordnen weiß.

Ich warte auf eine Antwort, auf irgendeine Reaktion – und erschrecke umso mehr, als er sich ohne ein weiteres Wort von mir abwendet und die Treppe mit großen Schritten hinaufläuft.

Regungslos sitze ich auf meinem Platz und schaue ihm hinterher.

Habe ich wieder mal etwas Falsches gesagt?

Oh je. Der Spruch mit dem Auto. Hat er den etwa zu wörtlich genommen? Habe ich wieder mal zu schnell geredet? Oder zu viel?

Seufzend lehne ich mich zurück und senke den Blick auf den halbvollen Plastikbecher in meiner Hand.

Ganz genau so muss sich Baby mit ihrer Wassermelone am Rand der Tanzfläche gefühlt haben, als Johnny Castle sie stehengelassen hat. Nur habe ich die leise Vermutung, dass mich heute Abend niemand mehr zum Tanzen auffordern wird. Erst recht nicht Bastian.

*

„Und dann ist er einfach abgehauen?“ Hanna wirft sich lachend auf ihr Kissen.

„Schön, dass dich das so amüsiert.“ Ich liege auf meinem Bett und starre an die Decke. „Aber ich glaube, der hält mich jetzt echt für irre.“

Wieder dasselbe schallende Lachen. In diesem Moment stört es mich jedoch zum ersten Mal, denn irgendwie ist mir so gar nicht nach Lachen zumute.

„Ich hätte den Spruch mit dem Auto nicht bringen sollen“, sage ich. „Das war einfach zu makaber. Habe wohl wieder mal nicht nachgedacht. Der redet bestimmt nie wieder ein Wort mit mir.“

Augenblicklich erschrecke ich über meine eigene Aussage. Schimmert etwa zu viel Enttäuschung durch? Enttäuschung, die ich besser für mich behalten sollte?

„Ach, der kriegt sich schon wieder ein", antwortet Hanna ruhig und greift in die Kekspackung auf ihrem Rollwagen. „Beim nächsten Mal ist er sicher wieder ganz normal zu dir."

„Wir werden sehen", murmele ich und drehe mich zur Seite.

Wortlos starre ich auf das noch immer aufgeklappte Netbook neben mir.

Worte. Immer wieder Worte, die mir durch den Kopf schwirren und verewigt werden wollen. Mir ist nicht nach Internet zumute, auch nicht nach dem Posten belangloser Statusmeldungen. Stattdessen ist es die Schwermut, die ich suche – oder ist sie es, die *mich* sucht?

Ich seufze.

Zum mittlerweile vierten Mal lese ich die Zeilen vor mir.

Die Boje

Wenn das, was du siehst, noch kein Land ist
Sondern nur eine Boje im Meer
Wenn das Ufer, das du suchst, unerkannt ist
Und du dich fragst, ob es Zeit es umzukehren

Wenn dort, wo dein Ziel ist, kein Licht brennt

Und die Sonne im Meer versinkt
Wenn der Tag friert und die Zeit dir davonrennt
Und die Strömung dein Boot ins Dunkle lenkt

Dann lass die Zeit los, um sie heilen zu lassen
Und behalte die Ruder in der Hand
Irgendwann wird die Boje im Wasser
Zu deinem eigenen Stückchen Land

© *Nancy Salchow*

„Bekommst du morgen Besuch?“, fragt Hanna, während sie sich einen weiteren Keks in den Mund schiebt.

Irritiert schaue ich vom Netbook auf, als hätte mich der Weckruf aus einer anderen Welt erreicht. Eine Welt, die ich zwischenzeitlich immer wieder zu vergessen scheine.

„Ja“, antworte ich leise. „Mein Mann kommt.“

*

„Und, Frau Salchow?“ Die Ergotherapeutin strahlt mich an. „Haben Sie sich schon überlegt, was Sie heute machen wollen?“

„Wenn Sie mich so fragen: schreiben!“ Ich zwinkere ihr zu, während ich auf dem Hocker vor der Arbeitsbank Platz nehme.

„Schreiben können Sie heute Abend auf Ihrem Zimmer. Hier müssen Sie sich leider für etwas anderes entscheiden.“

„Ich weiß“, antworte ich müde.

Fragend schaut sie mich an, zumindest mit dem Auge, das nicht gläsern ist. Ein Motorradunfall vor vielen Jahren, der sie beinahe das Augenlicht gekostet hat. Oder war es ein Feuer?

„Es muss doch irgendetwas geben, an dem Sie Freude haben“, entgegnet sie mit bemüht positiver Stimme. „Sie können mit Ton arbeiten oder mit Holz, Körbe flechten oder aber ...“

„Bloß nicht wieder Körbe flechten“, falle ich ihr mit abwehrender Handbewegung ins Wort. „Das letzte Mal hat mir gereicht.“

„Und wenn wir es heute mal mit Ton versuchen?“

Ich staune über ihre Unermüdlichkeit.

„Warum nicht?“ Ich lasse meine Schultern sinken. „Wir können es ja mal probieren.“

„Vielleicht ein schönes Namensschild für Ihre Tür zu Hause?“

„Von mir aus.“

Meine mauligen Antworten beginnen, selbst mich zu nerven, doch ich kann nicht aus meiner Haut. Viel zu lähmend ist die Langeweile, viel zu stumpf die Sinnlosigkeit der Tätigkeiten, denen wir uns im Rahmen der Ergotherapie widmen. Tätigkeiten, mit denen wir uns nicht etwa beschäftigen, weil wir es wollen, aber die wir wollen, weil man uns weismacht, dass wir wollen, was sie aus uns machen.

Ein ziemlich gewollter Gedanke.

„Sei froh“, flüstert mir Carmen zu, die auf dem Hocker neben mir sitzt und Blumen in ein Stück feuchten Ton ritzt. „Ich hab gehört, in Gruppe B werden stattdessen Kartenspiele für Erstklässler gespielt.“

„Na da haben wir ja was, auf das wir uns freuen können“, antworte ich augenrollend.

Die Ergotherapeutin, deren Namen ich mir selbst nach der fünften Sitzung noch immer nicht gemerkt habe, legt einen Klumpen Ton auf den Tisch und reicht mir ein Nudelholz.

„Zum Glattrollen“, erklärt sie – und ich folge Ihrer Aufforderung.

Ich rolle auf.

Ich rolle ab.

Auf.

Ab.

Wieder besudeln mich die Gedanken wie unermüdliche Mücken ein nacktes Bein.

Auf.

Was tue ich hier eigentlich?

Ab.

Wie soll mir eine stumpfsinnige Tätigkeit wie diese dabei helfen, wieder gesund zu werden?

Auf.

Viel eher habe ich den Eindruck, durch so eine Arbeit erst recht depressiv zu werden.

Ab.

Die Therapeuten reden von Zusammengehörigkeitsgefühl.

Auf.

Und davon, wie sehr Tätigkeiten wie diese die Zusammengehörigkeit fördern.

Ab.

Ich presse das Holz fester in den Ton, als könnte allein dieser Griff meine Gedanken abwürgen. Doch weder meine Gedanken noch meine Emotionen lassen sich abwürgen. Stattdessen flimmert immer wieder dieselbe Frage vor meinem inneren Auge auf: Habe ich mich verliebt? Habe ich mich wirklich verliebt? Verliebt, obwohl ich diesen Mann überhaupt nicht kenne? Verliebt, obwohl ich bisher nur ein paar belanglose Sätze mit ihm gewechselt habe? Verliebt, obwohl ich verheiratet bin?

Ich rolle auf.

Ab.

Auf.

Ab.

Und plötzlich weiß ich es. Ich habe es vom ersten Moment an gewusst.

Kapitel 6 – Das Monster im Kopf

Seine Hand streichelt langsam über meinen Arm, während er meine Wange küsst.

„Und haben die Ärzte schon gesagt, wie lange du noch hier bleiben musst?“ David stellt die Tüte mit den gewaschenen Klamotten auf den Boden und setzt sich neben mich aufs Bett.

„Ich weiß ja selbst noch gar nicht, wann ich nach Hause will“, antworte ich monoton. „Außerdem komme ich vermutlich vorher sowieso erst für zwei, drei Wochen in die Gruppe B.“

„Hm“, brummt er.

„Mir graut schon davor. Hoffentlich wird es diesmal besser.“

Er lächelt mechanisch, während sich der Raum wie so oft in Schweigen hüllt. Hanna ist draußen beim Rauchen. Vermutlich, um uns nicht zu stören.

Ich senke meinen Blick auf meine Beine, die lustlos von der Bettkante herunterhängen. Bilde ich es mir nur ein oder macht mich seine Anwesenheit unruhig?

„Du musst nicht jeden Tag herkommen“, sage ich schließlich.

„Wieso? Willst du mich nicht mehr sehen?“, fragt er scherzhaft.

„Ich will nur nicht, dass du dir nach Feierabend immer noch solchen Stress machst wegen mir.“

Er schweigt. Wie so oft. So wie er es immer tut, wenn er nicht weiß, was er sagen soll. In diesem Moment jedoch wird mir umso klarer, dass sich mein Verständnis für sein Verhalten schon vor langer Zeit aufgebraucht hat. All die Tränen, die ich neben ihm geweint habe und für die er so oft kein einziges Wort übrig hatte. All die Tage, an denen es mir in der Krankheitsphase meiner Familie schlecht ging und er meiner nervenaufreibenden Stimmung durch Abwesenheit oder Ignoranz aus dem Weg zu gehen versuchte.

Und jetzt? Jetzt soll allein seine Anwesenheit all das vergessen machen?

Ich mustere ihn stumm von der Seite.

Nein, er ist kein schlechter Mensch. Er hat oft versucht, auf seine Weise für mich da zu sein. Wortlos zwar, aber es war ein Versuch.

Oder?

„Ich habe dir noch Saft mitgebracht“, sagt er und zieht eine Flasche Obstsaft aus der Tüte.

„Oh, super.“ Ich lächle, während sich das schlechte Gewissen in mir breitmacht.

Er versucht es. Ja, er versucht es wirklich. Trotzdem spüre ich, dass irgendetwas in mir nach all den Jahren müde geworden ist.

Bemüht er sich so um mich, weil meine Traurigkeit, meine Trägheit, endlich einen Namen bekommen hat? Weil das Wörtchen depressiv, das plötzlich auf meiner Stirn zu stehen scheint, endlich eine Erklärung für all meine Tränen ist?

Trotzdem macht es mich traurig, dass es erst eine Krankenhauseinweisung braucht, um seine Aufmerksamkeit zu erregen.

„Wollen wir noch ein bisschen spazieren gehen?“, frage ich.

„Warum nicht?“ Er presst die Lippen zu einem schmalen Grinsen zusammen.

Ich schäle mich von der Bettdecke und schleiche zum Kleiderschrank, um meinen Mantel herauszuholen.

Du hast ihn lieb, Nancy, rede ich mir selbst schweigend zu. *Er ist ein Mann und Männer sind mit zu vielen Emotionen schnell überfordert.*

Doch die Enttäuschung der letzten Monate wiegt schwer.

„Wir können ja wieder den Weg über den Parkplatz nehmen“, schlägt er vor.

„Gute Idee“, murmele ich.

Ich ziehe meine Handschuhe über, während mein Blick auf die Saftflasche neben dem Bett fällt. Ein simples Mitbringsel, das mich rührt.

Er ist dein Mann. Trotz allem. Und du bist ihm Treue schuldig.

„Wollen wir?“, frage ich leise.

„Ja. Lass uns gehen.“

*

Das Monster im Kopf. Wie unzählige Male zuvor stechen mir die vier unscheinbaren Worte ins Auge. Monate ist es her, dass ich die Datei nach dem Tod meiner Mutter von ihrem PC auf mein Netbook gezogen habe. Doch bisher ist es mir nicht gelungen, sie zu öffnen.

Wieder schieben sich die Worte unserer Therapeutin in meinen Sinn. *Stellen Sie sich Ihren Ängsten! Verarbeiten Sie traumatische Erinnerungen, anstatt vor Ihnen davonzulaufen.*

Ein gut gemeinter Ratschlag. Vielleicht sogar ein lebenswichtiger. Doch hier am kleinen kreisförmigen Tisch direkt am Fenster meines kalkweißen Zimmers scheint es schwer, ihn zu befolgen.

Meine Mutter hat oft von den tagebuchartigen Einträgen erzählt, die sie seit der Diagnose meines Bruders verfasst hat. Teilweise, um die schlimme Zeit selbst zu verarbeiten, teilweise wohl auch, um den langen Weg bis zur Heilung zu dokumentieren. Dass weder Martin eine Heilung vergönnt sein würde noch ihr selbst, wusste sie zu dem Zeitpunkt natürlich noch nicht. Viel schlimmer: sie ahnte damals noch nicht einmal etwas von ihrer eigenen lebensbedrohlichen Krankheit.

Und jetzt? Ist der Schmerz wirklich schon blass genug, um sich ihm zu stellen?

Ich schlucke.

Mit aller Kraft verdränge ich die letzten zermürbenden Gedanken und öffne die Datei mit dem ersten Eintrag.

Das Monster in seinem Kopf oder Vorhof zur Hölle
- Gedanken einer Mutter -

Ende Juni 2010

Seit Tagen war es siedend heiß. Obwohl ich normalerweise nicht unter Schweißattacken leide, rinnt mir der Schweiß in Bächen herunter.

Ein Anruf von unserem jüngsten Sohn, der seit 2 Jahren – endlich – mit damals fast 28 Jahren – in einer eigenen Wohnung lebt. An den Wochenenden legt er als DJ auf und da seine Musikanlage aus Platzgründen noch in unserem Haus deponiert ist, organisiert er es vor Auftritten so, dass er sich bei Muttern noch schnell zum Mittag einlädt. Na, so lange es nicht jedes Wochenende ist, hat man als Eltern kaum etwas dagegen einzuwenden, denn nach Aussagen der Kinder schmeckt es zu Hause immer noch am besten. Da ich ihn auch schon einige Wochen nicht sah, freute ich mich sogar.

Pünktlich zum Mittag tauchte er auf. Mir fiel sein merkwürdiger Gang auf der Treppe auf. Die Stufen wurden nicht im Wechselschritt genommen, sondern mit dem linken Bein zuerst.

„Hast du dich verletzt, Martin?“ war meine erste Frage.

„Nein, es ist nichts, Mama, ich hab nur so ein lästiges Kribbeln im linken Bein.“

Das klang nicht weiter beunruhigend und da ich noch nie so eine überbesorgte Mutter war, die ihre Kinder ewig „begluckt“, gab ich mich mit der Antwort zufrieden.

Wir sprachen so über dieses und jenes, alltägliche Kleinigkeiten eigentlich. Dabei hatte er

Schwierigkeiten, alle Worte zu finden und brach oftmals mitten im Satz ab.

„Ist alles okay?"

„Ja, Mama, du nervst!"

Mir kam die ganze Sache schon beunruhigend vor, aber allzu viel fragen bringt auch nichts, dann schalten die Kinder schnell auf stur. Vielleicht hatte er Ärger gehabt mit seiner Freundin oder anderen Stress?

Ich fragte also nicht weiter nach.

Es dauerte nicht lange und er packte seine benötigte DJ-Ausrüstung ins Auto und verschwand. Die Feier, bei der er auftreten sollte, fand in einem Zelt statt. Na, das konnte ja heiter werden bei der Hitze!

Am nächsten Tag rief er mich an, dass er dort mit dem Fuß umgeknickt und kurz umgefallen wäre.

„Warst du schon beim Arzt mit deinen Beschwerden?"

„Ja, war ich, sie meint, das hätte psychische Ursachen und der Meinung bin ich auch. Momentan ist mir alles zu viel. Ich denke mal, ich leide zurzeit an einem Burn-Out."

Dass er von der Psyche her nicht der Belastbarste ist, war mir bekannt.

Zu meinem Mann meinte ich besorgt: „Mir gefällt der Martin momentan überhaupt nicht!".

Er: „Meinst du?“ Ich: „Ja, er spricht so schlecht und auch das Gehen klappt irgendwie nicht! Kann mir nicht vorstellen, dass das nur psychische Störungen sind!“

Ich schließe die Datei, bevor ich weiterlesen kann. Tränen verschleiern meinen Blick.

Ich erinnere mich an das Telefonat mit Martin, in dem er mir selbst von seinem Sturz hinter dem DJ-Pult erzählte. Wie lange das mittlerweile her ist. Und wie viel seitdem passiert ist.

Doch trotz der Tränen (oder gerade wegen ihnen) spüre ich, wie ein vollkommen neuer Drang in mir wach wird. Der Drang, sich der Vergangenheit zu stellen. Die Art, in der sie die Einträge verfasst hat, der Wechsel zwischen den Zeitformen und all die Emotionen, denen sie sich darin hingibt, machen deutlich, dass sie die Zeilen mehr oder weniger nur für sich selbst geschrieben hat. Und doch überkommt mich der Eindruck, dass sie die Worte an mich richtet.

Nach einem kurzen Zögern öffne ich die Datei erneut.

Mitte Juli 2010

Er rief so selten an und so suchte ich – ganz entgegen meiner Art - den telefonischen Kontakt zu ihm. Drängte immer wieder mit der Frage, ob er noch einmal bei der Ärztin war.

„Ja, ich habe jetzt auch in der psychiatrischen Klinik nachgefragt und bekomme für Ende August einen Platz in der Tagesklinik."

Ende August? Wir hatten Mitte Juli! Das dauerte mir einfach zu lang. Wie war sein körperlicher Zustand gegenwärtig überhaupt? War eine Besserung eingetreten? Dem Sprachvermögen nach nicht wirklich!

Dienstag, der 27. Juli 2010

Meine Tochter – seine Zwillingsschwester – fuhr mit ihm noch einmal zur Ärztin, weil seine Beschwerden nicht besser wurden. Diese unternahm nichts! Gar nichts.

Abends rief mich meine Tochter an und teilte mir mit, dass sie mit ihm gemeinsam dort war.

Wiederholt hatte ich ihr am Telefon und auch persönlich gesagt, dass mich der Gesundheitszustand ihres Bruders mehr als beunruhigt. Dann bekam ich zur Antwort, ich würde alles immer dramatisieren. Er ist eben seelisch nicht schwer belastbar und bald würde er ja in der Klinik aufgenommen.

Wo haben sie alle ihre Augen??? Sehen sie denn nicht, dass es ihm nicht gut geht? Meine Fürsorge ist gewiss nicht übertrieben. Aber die Jugend winkt ja nur ab.

Wieder überkommt mich das Verlangen, die Datei zu schließen. Habe ich die Ängste meiner Mutter damals wirklich abgewiesen? Wollte ich ihr nicht glauben? Oder war ich einfach nur nicht bereit, mich der Angst zu stellen, dass mein eigener Bruder ernsthaft krank war?

Ich schaue auf. Mein Blick fällt auf Hanna, die schlafend auf ihrem Bett liegt. Vielleicht sollte ich mir auch ein kleines Mittagsschläfchen gönnen, anstatt mich mit diesem Rückblick zu quälen.

Doch der Drang ist stärker. Denn so schmerzvoll der Rückblick auch ist, seltsamerweise fühle ich mich in diesem Moment nicht nur meiner Mutter, sondern auch meinem Bruder wieder näher.

Ich atme ein.

Aus.

Ein.

Aus.

Und lese weiter.

Mittwoch, der 28.Juli 2010 – der nächste Tag

Bin auf der Arbeit. Unruhig. Spreche mit meinem Chef, dass mir mein Jüngster überhaupt nicht gefällt und dass ich nachmittags nach der Arbeit mal hinüber fahre zu ihm. Ca. 20 km. Erklärte ihm die Symptome.

Rufe dann von der Firma aus meinen Sohn an, ob er zu Hause ist und ich kommen könne. Er: „Ja, Mama, das ist gut. Kannst du mich dann zum Neurologen fahren? Irgendwas stimmt nicht mit mir."

Das teile ich umgehend meinem Chef mit, der anweist, dass ich sofort zu ihm fahren soll. Unterwegs nehme ich noch Mittagessen aus einem Imbiss mit und suche Martin auf. Mich trifft fast der Schlag, als ich ihn sehe und es zerreißt mir das Herz. Ich schlucke, lasse mir aber nichts anmerken. Rechts kaum Kontrolle mehr über die Hand und über das Bein. Besteck zu halten ist für ihn schwierig. Am liebsten möchte ich ihn füttern, kann aber gerade noch so an mich halten. Als er aufgegessen hat, sage ich in ganz ruhigem Ton:

„Martin, jetzt packst du ein paar Sachen zusammen."

Er: „Warum?“.

Ich: „Weil ich dich jetzt in die Notaufnahme fahre!“

Er: „Ja, ich glaube auch, das ist wohl das Beste!“

Dort angekommen suche ich mit ihm gemeinsam die Anmeldung auf, da ich Befürchtungen habe, sie könnten ihn – ohne groß untersucht zu haben – wieder nach Hause schicken. Das passiert aber nicht. Sie sind alle sehr fürsorglich. Nach einer Viertelstunde Warten wird er bereits von der Krankenschwester in Empfang genommen. Die Untersuchung dauert dann ziemlich lange. Als sie mich rufen, bin ich erleichtert, ihn mit einem Infusionsanschluss und im Nachthemd auf einem Bett liegen zu sehen. Mit nach Hause hätte ich ihn auf keinen Fall genommen. Hier muss etwas passieren!

Die Neurologin informiert mich, dass man etwas Konkretes noch nicht sagen könne. Es müsse erst ein MRT gemacht werden, was am nächsten Morgen passieren würde.

Als ich nach Hause fahre, bin ich etwas erleichtert. Ich weiß, dass er jetzt behandelt wird. Aber innerlich koche ich auch vor Wut, weil seine behandelnde Ärztin vorher nichts unternommen hat. Beruhigungsmittel hatte sie ihm verschrieben! Bei Lähmungen in Arm und Bein und Sprachstörungen. Ist das zu fassen?

Donnerstag, 29. Juli 2010

MRT wurde durchgeführt.

Befund: „Gehirntumore"! Zack!

Das war für uns alle ein Schlag in die Magengrube. Tumore im Gehirn! Ein größerer, mehrere kleine. Mir pochte das Herz im Hals. Das darf doch nicht wahr sein!

Nun aber die Hoffnung nicht aufgeben. Vielleicht war es alles nicht ganz so schlimm wie es zuerst klang? Auch in diesem Fall gibt es verschiedene Stufen. Bösartige und weniger „schlimme".

Freitag, 30. Juli 2010

Verlegung in die Spezialklinik nach Plau. Eine der besten, die es gibt in Deutschland. Noch ein MRT, welches die erste Diagnose leider bestätigte.

Seine Schwester, seine Freundin – die sich jetzt schreckliche Vorwürfe machte, dass sie den Ernst der Lage nicht erkannt hatte und immer nur bitterlich weinte – fuhren am selben Tag noch zu ihm. Ca. 150 km. Am Samstag dann mein Mann und ich, Schwester, Freundin – immer abwechselnd bei ihm. Sonntag ebenfalls.

Die Lähmungserscheinungen hatten sich immens verstärkt. Er durfte nicht mehr aufstehen, konnte es allerdings auch nicht. Wir schoben ihn dann mit dem Rollstuhl über das Gelände der Klinik.

Das Klopfen an der Tür unterbricht die Verbindung zur farblosen Vergangenheit. Reflexartig schaue ich auf.

„Ich habe Kaffee auf den Wagen gestellt", sagt die Schwester und schließt die Tür, bevor ich etwas entgegnen kann.

Der Wagen vor dem Gemeinschaftsraum. Das Zentrum der Nachmittagssünde. Endlich Kaffee!

Nun ist auch Hanna wach, öffnet instinktiv die Schublade ihres Rollcontainers und holt eine Packung Kekse heraus.

„Wird ja auch Zeit!", brummt sie und ist schneller aus der Tür, als ich die Datei schließen kann.

Ich werfe einen letzten Blick auf die Zeilen meiner Mutter. *Nun aber die Hoffnung nicht aufgeben. Vielleicht war es alles nicht ganz so schlimm wie es zuerst klang?*

Ich wische eine Träne aus meinem Augenwinkel.

Doch, Mama, das war es.

Kapitel 7 – Ich bin okay

Gedankenverloren steuere ich den Automaten an, während sich das Frühstück mühsam seinen Weg in meinen Magen sucht. Der obligatorische Zitronentee wartet darauf, mir den Morgen zu versüßen, der nach einer schweißtreibenden Nacht etwas Licht vertragen kann.

Wieder haben mich dunkle Träume heimgesucht. Träume von Martin und Horror-Szenarien von Tumoren, die ihm aus dem Kopf wachsen. Und immer wieder Gespräche, von denen ich nicht mehr weiß, ob sie Träume oder echte Erinnerungen sind. Gespräche, in denen er mir von seinen Gedanken über den Tod erzählt.

Ich schiebe den Euro in den Schlitz und wähle den Tee aus, während sich die Zeilen meiner Mutter mit den Bildern in meinem Kopf vermischen.

Nein, ich werde das Lesen ihrer Erinnerungen vorerst bleiben lassen. Zumindest für heute. Ein wenig Abstand wird mir gut tun.

Dankbar umklammere ich den Becher und schlendere damit zum Ausgang. Die Automatiktür öffnet sich, als ich zu nah herankomme. Instinktiv trete ich einen Schritt zurück, als sich der kühle Hauch des

Winters ins Foyer schleicht. Wie lange er uns wohl noch in Schach halten wird, bevor er dem Frühling endlich den Zugang zu unseren Herzen gewährt?

Ich starre über den Parkplatz hinweg in den neuen Morgen, während ich an meinem Tee nippe. Wie in Zeitlupe wippen die weichen Schneeflocken zu Boden. Für einen Moment fühle ich mich zurückversetzt in den frostigen Februarmorgen, an dem wir Martin zu Grabe getragen haben. Die schwarzgekleidete Menge, die den Sargträgern von der Kirche zum Friedhof folgte, während es langsam zu schneien begann. Glitzernde Schneeflocken, wie sie auch in diesem Augenblick vom Himmel rieseln.

„Und? Hat das mit deinem Therapeuten noch geklappt?“

Ein Tropfen Zitronentee landet auf dem Boden, als ich mich irritiert umdrehe.

„Therapeut?“, frage ich verwirrt.

Bastian.

Eigentlich ist es nicht mal eine Überraschung, ihn hier zu treffen. Und doch ertappe ich mich bei meiner üblichen Nervosität.

„Na, der, den dir deine Freundin besorgt hat“, antwortet er.

Mit einem Kaffeebecher in der Hand kommt er auf mich zu.

„Ach so“, stammele ich. „Nein, das hat leider nicht geklappt. Wie gesagt, dafür müsste ich ausgewiesen werden und das geht jetzt noch nicht.“

Er lächelt. „Aha.“

„Ich bin einfach noch nicht soweit. Eine echte Heulsuse eben.“

„Ach, eine Heulsuse bin ich auch“, antwortet er, während er seine rechte Hand mit natürlicher Lässigkeit in seine Hosentasche schiebt. Eine Lässigkeit, die nicht so recht zu dieser Krankheit passen will.

„Du und Heulsuse?“ Ich lächle vorsichtig.

„Wieso?“ Er lacht leise. „Kannst du dir das nicht vorstellen?“

„Nein, irgendwie nicht. Du wirkst so ... ich weiß nicht ... gefestigt. Und überhaupt nicht depressiv oder so. Zumindest jetzt nicht mehr.“

„Jetzt nicht mehr?“, fragt er stirnrunzelnd, während er einen Schritt näher kommt.

„Na ja.“ Ich räuspere mich. „Als ich dich in der Depressionsrunde zum ersten Mal gesehen habe, war mein Eindruck noch ein anderer. Da warst du irgendwie trauriger, und mehr neben der Spur, wenn du weißt, was ich meine.“

„Das war auch mein erster Gedanke über dich“, antwortet er.

„Oh je.“ Ich werde rot. „Ich hab doch nur geheult.“

„Deswegen ja.“ Er nimmt einen Schluck von seinem Kaffee. „Du stehst zu deinen Gefühlen und hast keine Probleme damit, darüber zu reden, warum du hier bist und wie es zu deiner Krankheit kam. Ganz im Gegensatz zu den anderen Teilnehmern, die nur vor sich hin gemurmelt haben. Ich dachte schon, ich wäre der Einzige hier, der über seine Probleme redet.“

„Ich weiß genau, was du meinst. Den anderen musste man ja jedes Wort regelrecht aus der Nase ziehen.“

„Ich bin 54 Jahre alt“, imitiert er mit verstellter Stimme einen der anderen Patienten, „und ich habe Depressionen. Ich bin 43 und ich habe Depressionen. Ich bin 35 Jahre alt und habe Depressionen.“

„Ja genau.“ Ich lache, nun etwas gelöster. „Sehr aussagekräftige Profile, oder? Da kann ich auf mein Geheule ja fast schon stolz sein, was?“

„Sag ich doch!“

„Ich weiß, dass ich noch einen langen Weg vor mir habe“, sage ich. „Aber ich weiß auch, dass es nicht besser werden kann, wenn man nicht darüber redet. Da braucht es schon ein bisschen mehr als nur das Alter und die Diagnose, um sich und seine Geschichte vorzustellen.“

„Eben. Ich hoffe, die anderen Patienten werden das auch noch begreifen. Deshalb war ich ja auch so froh, dass jemand wie du in der Runde dabei ist."

Er senkt den Kopf zur Seite wie bei unserer letzten Begegnung. Wieder derselbe eindringliche Blick aus eisblauen Augen. Wieder dasselbe wissende Lächeln. Und doch nicht ein Hauch von Anzüglichkeit.

„Aber ich staune trotzdem", sage ich.

„Worüber?"

„Über dich."

„Was gibt's denn da zu staunen?"

„Na ja, du hast so viel Scheiße durchgemacht", antworte ich. „Und du strahlst trotzdem so viel Zuversicht aus. Das ist wirklich ...", ich suche nach den richtigen Worten, „... beeindruckend."

„Beeindruckend?"

„Ja." Ich lächle. „Beeindruckend."

„Ich bin eben der Meinung, dass man immer nach vorn schauen sollte, egal, wie tief man in der Scheiße steckt."

„Wenn man das kann ..."

„Es ist nicht immer leicht, auch für mich nicht." Sein Blick wird nachdenklich. „Sonst wäre ich ja nicht hier."

Ich schaue über den Flur zu seiner Station herüber.

„Abhängigkeitsstation", murmele ich.

„Das war meine Art, mich zu beruhigen“, sagt er.

„Alkohol?“, frage ich.

Er nickt. „Ich trinke zwar auch hin und wieder ganz normal mein Bierchen mit Freunden oder auch wochenlang gar nichts. Aber als es mir so schlecht ging“, er stockt kurz, „na ja, da wurde es dann das eine oder andere Bier mehr.“

„Verstehe.“

„Das Problem ist, dass man mich bisher immer als Alkoholiker bzw. Gelegenheitsalkoholiker behandelt hat und ich immer wieder versucht habe, den Ärzten klarzumachen, dass das Problem in meinem Kopf liegt.“

„Depressionen“, entgegne ich knapp.

„Ganz genau. Ich war vorher schon zweimal hier und jetzt endlich haben sie begriffen, was meine wahre Krankheit ist und mir Antidepressiva verschrieben.“

„Und seit wann nimmst du sie?“

„Seit ca. drei Wochen.“

Ich suche erneut seinen Blick. Auch wenn es kein schönes Thema ist, über das wir reden, spüre ich doch, wie sich meine trüben Gedanken von Minute zu Minute auflösen. Irgendetwas an ihm lässt das Gefühl von Normalität in mir zurückkehren.

„Und wirken die Tabletten?“, frage ich.

„Ich denke schon“, antwortet er. „Es geht mir jedenfalls schon sehr viel besser als bei der Einweisung.“

„Bei mir schlagen sie auch langsam an.“

Er antwortet mit einem wortlosen Lächeln.

Ich spüre, wie meine Hände feucht werden, während ich meinen Teebecher fester umklammere. Er hingegen trinkt seinen Kaffee in einer Lässigkeit, als wären wir zwei Fußballfans am Spielfeldrand, die sich über das letzte Tor unterhalten. Zwei Bekannte, ein Thema – mehr nicht.

Aber ist es wirklich nur das? Warum spüre ich dann diesen Draht? Diese ganz besondere Bindung zwischen uns, die selbst dann spürbar ist, wenn wir uns über Belanglosigkeiten unterhalten? Eine Bindung, wie ich sie bisher mit keinem der Patienten auf meiner Station oder der Depressionsrunde empfunden habe?

„Ich finde es nur so schade, dass man mit dieser Krankheit so oft missverstanden wird“, fahre ich nach einer Weile fort.

„Es nimmt eben niemand richtig ernst, solange sie die Krankheit nicht selbst kennen.“

„Und dann immer diese unpassenden Vergleiche, wenn man erzählt, was einen in diese Situation gebracht hat. Wenn ich z.B. von der Krankheit und dem Tod meines Bruders und meiner Mutter rede und dann immer als Antwort ein Bandscheibenvorfall oder so was kommt. Sicher ist das auch schlimm, aber es hat eben nichts mit dem zu tun, was wir erlebt haben. Man hat einfach immer das Gefühl, nicht verstanden zu werden und sich sogar rechtfertigen zu müssen. Und dann würde ich am liebsten", ich halte kurz inne, „denjenigen ordentlich durchschütteln."

Bastian lacht. „Das Gefühl kenn ich. Was meinst du, warum ich boxe?"

„Du boxt?"

„Ja klar. Alle möglichen Arten von Sport. Ich liebe es, an meine Grenzen zu gehen und mich so richtig auszupowern. Das brauche ich, um mich lebendig zu fühlen."

„Genauso geht es mir mit dem Schreiben." Ich lehne mich an die Wand neben der Eingangstür, während sich mein Blick verklärt. „Wenn ich schreibe, kann ich in eine völlig andere Welt eintauchen und alles andere für eine Weile vergessen. Das ist ein tolles Gefühl!"

Seine Lippen pressen sich zu einem schmalen Grinsen zusammen. Keine wortlose Antwort könnte wortreicher sein als seine. Allein jede Geste, jeder Blick von ihm macht auf unerklärliche Weise deutlich, wie gut er mich versteht. Nicht nur wegen der Krankheit, die wir miteinander teilen, nein, es ist mehr. Viel mehr.

Trotzdem gelingt es mir nicht, dieses Gefühl richtig zu deuten, denn wie soll eine derart tiefe Empfindung nach so kurzer Zeit überhaupt möglich sein?

„Bist du morgen auch wieder dabei?“, fragt er.

„Depressionsrunde?“ Ich grinse. „Na klar. Das lasse ich mir nicht entgehen.“

Das Lächeln weicht nicht von seinen Lippen. Für einen Moment scheint ein Zauber zwischen uns zu liegen. Ein Zauber, den ich weder halten noch von uns schieben kann. Vielmehr scheint er wie ein unsichtbarer Schleier über uns zu schweben, der jedem noch so belanglosen Wort eine vollkommen neue Bedeutung gibt. Eine tiefere Bedeutung, als ich erahnen kann.

„Hey Basti!“ Ein Männerstimme schiebt sich in unser Gespräch. „Wir wollen los!“

Er dreht sich zu einem jungen Mann mit raspelkurzem Haar um, der direkt hinter uns steht. Ein anderer Patient?

„Ich komme“, antwortet Bastian.

Ich spüre, wie mein Herz einen Hauch schwerer wird. Will er etwa jetzt schon gehen?

„Wir sehen uns ja dann morgen.“ Er legt seine Hand auf meine Schulter, eine flüchtige Geste zum Abschied, die mein eben noch schweres Herz zum Hüpfen bringt.

„Ja“, antworte ich mit bemüht tapferem Lächeln.

Dann verschwindet er gemeinsam mit dem anderen Mann über den Gang auf seiner Station. Ob sie einen gemeinsamen Ausflug planen? Oder steht eine Außentherapie an?

Regungslos verharre ich an meinem Platz neben der Eingangstür, während ich erneut nach draußen schaue.

Es hat aufgehört zu schneien. Alles, was jetzt noch an die tanzenden Flocken erinnert, ist ein weicher weißer Flaum auf dem kalten Boden. Und plötzlich bin ich mir sicher, dass irgendwo unter dem Weiß auch Grün ist.

*

In wohliger Vertrautheit schmiegt er sich schnurrend um meine Waden.

Ich nehme ihn auf den Arm und presse mein Gesicht in sein schwarzes Fell.

„Da ist ja mein kleiner Poldi“, quieke ich freudestrahlend. „Hast du mich vermisst, mein Kleiner?“

David lässt die Eingangstür hinter mir ins Schloss fallen und legt den Autoschlüssel auf den kleinen Rattan-Tisch im Wintergarten.

„Natürlich hat er dich vermisst“, sagt er. „Aber daran, dass er momentan auf deiner Betthälfte schläft, hat er sich schon sehr schnell gewöhnt.“

„Das kann ich mir vorstellen.“ Ich hauche einen Kuss auf seinen behaarten Kopf und lasse ihn langsam wieder zu Boden.

Poldi schlängelt sich durch die Wintergartentür in die Küche, während ich für einen Moment auf der Türschwelle verharre.

„Ob es wirklich so eine gute Idee war, einfach herzukommen?“, frage ich.

„Es war *deine* Idee!“, antwortet David.

„Ich weiß, aber eigentlich ist die Besuchszeit nicht dafür da, um mal eben nach Hause zu fahren. So etwas muss normalerweise mit dem Arzt abgesprochen werden.“

„Wir können in zwanzig Minuten wieder in der Klinik sein“, antwortet David.

Ich betrete die Küche und schaue zur Treppe herüber, die ins Schlafzimmer führt.

„Bevor wir fahren, würde ich mich gern kurz hinlegen.“

„Jetzt?“

„Ja. Einfach nur hinlegen. Im eigenen Bett, verstehst du?“

Er schweigt.

„Ich will sehen, was dieser Moment mit mir macht oder ob ich wieder Angst bekomme“, erkläre ich.

„Warum solltest du Angst haben?“

„Wenn ich eine Antwort auf diese Frage wüsste, wäre ich nicht krank“, antworte ich, ohne ihn anzuschauen.

Wieder habe ich das Gefühl, mich rechtfertigen zu müssen. Sogar David gegenüber. Manchmal sogar *gerade* ihm gegenüber. Oder rede ich es mir mittlerweile ein? Bin ich einfach zu empfindlich, was dieses Thema angeht?

„Es dauert nur ein paar Minuten“, sage ich, während ich langsam die Treppe hinaufgehe.

Oben angekommen, erfüllt mich der Blick auf mein Bett für einen Moment mit angenehmer Vertrautheit. Instinktiv lasse ich mich darauf fallen. Noch immer im Mantel. Noch immer mit kalten Händen.

Als ich mich zur Seite drehe, so wie ich es noch vor wenigen Wochen jeden Abend getan habe, überkommt mich ein unbeschreibliches Gefühl der Leere.

Tränen steigen in mir hoch, die ich nicht abzuwehren versuche. Fast kommt es mir so vor, als hätte ich nur darauf gewartet, sie hier herauszulassen. Hier, an diesem Ort. In diesem Moment.

Ich weine. Lauter. Tiefer. Und doch haben die Tränen keinen befreienden Effekt wie sonst. Im Gegenteil. Je länger ich liege, je länger ich den vertrauten Geruch des Schlafzimmers einatme, desto schwerer wird mir ums Herz. Was um Himmelswillen tue ich hier? Und was habe ich mir von diesem kurzen Zwischenstopp in den eigenen vier Wänden erhofft? Hatte ich wirklich die Hoffnung, dass ich mein befremdliches Gefühl der Heimat gegenüber durch einen einzigen Besuch auslöschen kann? Und was ist mit dem Gespräch zwischen Bastian und mir, das erst wenige Stunden her ist? Warum spukt es mir noch immer im Kopf herum, zu einem Zeitpunkt, an dem ich mich eigentlich über meine zwischenzeitliche Rückkehr nach Hause freuen müsste?

Instinktiv springe ich auf und laufe zur Treppe.

„Lass uns wieder losfahren“, rufe ich David zu, der im Wohnzimmer fernschaut.

„Jetzt schon?“, höre ich ihn antworten. Aber da bin ich schon so gut wie im Auto.

*

„Hallo, liebe Teilnehmer, ich freue mich, Sie auch heute wieder zu unserer Depressionsrunde begrüßen zu dürfen.“ Frau Geiss trägt wie immer ihr optimistischstes Lächeln auf den Lippen, während sie das sagt. „Heute habe ich mir ein besonderes Thema für Sie ausgesucht.“

Ich bemühe mich, meinen Blick gezielt auf eine andere Ecke des Raums zu richten, um nicht zu auffällig zu sein. Doch selbst im Augenwinkel sehe ich ihn.

Leicht vorgebeugt, die Hände über den Knien ineinander verschränkt, sitzt er mir schräg gegenüber.

„Vielleicht ist Ihnen schon die Überschrift auf der Tafel hinter mir schon aufgefallen?“

Die Augen der Teilnehmer wandern zu den Buchstaben auf dem Whiteboard.

„Stärken und Schwächen“, fährt sie fort. „Was genau könnte das für unsere heutige Runde bedeuten?“

„Dass wir lernen, dass Schwächen auch Stärken sein können?“, antworte ich, während sich der Rest der Runde wie gewohnt in Schweigen hüllt.

Nur Bastian überlegt, was er zu dem Thema sagen kann.

Ich unterdrücke ein Lächeln in seine Richtung. Ein unbewusster Instinkt, um meine Gefühle zu schützen?

„Ja genau“, antwortet Frau Geiss. „Und dass wir uns auch damit beschäftigen, dass manche Stärken gleichzeitig Schwächen sein können.“

„Da bin ich gespannt“, wirft Teresa in die Runde.

Augenblicklich fällt mir wieder das Abendessen in der Gruppe B und mein erster Ausflug zu den „Gesünderen“ ein. Teresa, das Sprachrohr der Gruppe und die Papierschnipsel auf dem Tablett.

Ich schaue zu Bastian herüber, der auf die Tafel starrt.

„Um dieses Thema entsprechend zu würdigen, habe ich etwas ganz Besonderes mit Ihnen vor“, sagt Frau Geiss. „Dazu müssen wir aber erst einmal den Raum verlassen und in den Aufenthaltsraum gehen.“

Fragend schauen wir sie an.

„Dort finden wir einen Tisch und ausreichend Papier“, ergänzt sie und steht auf.

Wir stehen ebenfalls auf und folgen ihr wie orientierungslose Schüler durch die geöffnete Tür auf den Flur.

Ich weiß nicht, ob einer von uns beiden dem Zufall auf die Sprünge geholfen hat, aber nur wenige Augenblicke später finde ich mich neben Bastian wieder.

Grinsend gehen wir als Letzte der Gruppe nebeneinander her in Richtung Aufenthaltsraum.

„Du wärst jetzt sicher auch lieber bei deinen Hunden, oder?“, frage ich ihn.

„Da kannst du einen drauf lassen!“ Er lacht. „Aber Donnerstag sehe ich sie ja schon wieder.“

„Das ist ja toll.“ Ich strahle ihn an. „Hast du Ausgang?“

„Nein, ich werde entlassen.“

Die Beiläufigkeit, mit der er diese Tatsache erwähnt, ist wie ein Messerstich ins Herz. Lächelnd lässt er sich auf den äußersten Stuhl im Aufenthaltsraum fallen und greift nach einer Karteikarte, die man uns zum Beschriften auf den Tisch gelegt hat.

„Du wirst entlassen?“, frage ich, während ich mich neben ihn setze und ebenfalls nach einer Karte greife. „Wie lange bist du denn schon hier?“

„Vier Wochen. Es wird Zeit, endlich wieder arbeiten zu gehen.“

„Du gehst jetzt schon wieder arbeiten?“

„Ja.“ Er nickt. „Und ich freue mich drauf. Endlich wieder im Gabelstapler sitzen. Am meisten freue ich mich aber natürlich auf meine Hunde.“

„Das glaube ich“, antworte ich, krampfhaft darum bemüht, meine Enttäuschung zu überspielen.

„Und jetzt darf sich jeder von Ihnen ein paar Karten und einen Stift nehmen“, sagt Frau Geiss, als sich alle Teilnehmer gesetzt haben.

Ich greife nach einem grünen Buntstift und starre wortlos auf die leere Karte vor mir, während ich darüber nachdenke, was mich mehr schockiert: Die Tatsache, dass er entlassen wird oder dass es ihm scheinbar überhaupt nichts ausmacht, dass unser gerade erst entstandener Kontakt schon bald abbrechen wird.

Andererseits: Warum sollte es ihm leidtun? Wir kennen uns doch im Grunde gar nicht.

„Und?“ Frau Geiss strahlt über beide Ohren. „Hat jeder von Ihnen genügend Papier? Prima! Dann kann es ja losgehen.“

Ihre Worte und mit ihnen der Rest der Welt verschwimmen für einen Moment klanglos in meinem Kopf.

Donnerstag. Nur noch drei Tage.

*

„Um Himmelswillen, Nancy. So doch nicht!“ Franziska, eine Patientin, der ich bisher nur wenig

Aufmerksamkeit geschenkt habe, nimmt mir die Stöcke aus der Hand und fuchtelt damit wichtigtuerisch vor sich her. „Beim Nordic Walking kommt es vor allem auf die Haltung an. Das ist mehr als einfaches Joggen oder Spazierengehen.“

„Na ja.“ Ich zwinkere ihr zu. „Wenn man die Sache ernst nimmt, vielleicht.“

„Aber so wie du sie hältst, sieht es aus, als wären es normale Wanderstöcke“, protestiert sie, während sie mir zeigt, wie man es richtig macht. „Siehst du? Soooo!“

Ich unterdrücke ein Grinsen. Sie scheint ernsthaft zu denken, dass mir diese scheinbar unverzeihliche Bildungslücke unangenehm ist.

„Danke.“ Ich nehme ihr die Stöcke aus der Hand. „Den Rest der Strecke schaffe ich sicher auch so.“

Ich lasse meinen Blick über den schmalen Waldweg schweifen, der in morgendlichem Glanz schneeweiß zu funkeln scheint. Carmen und die anderen Patienten sind schon ein Stück weiter vor uns, Franziska hingegen scheint als Einzige Mitleid mit mir und meinem nicht vorhandenen „Nordic-Walking“-Talent zu haben.

„Aber es ist ganz einfach.“ Sie nickt mir ermutigend zu. „Wirklich.“

„Schon okay. Aber ich glaube, den Zweck der Therapie verfehle ich nicht, indem ich die Dinger falsch halte."

Franziska schüttelt seufzend den Kopf.

„Na ja". Sie ringt sich ein Lächeln ab. „Was hat Frau Geiss gestern in der Depressionsrunde gesagt? Schwächen sind immer auch Stärken, oder? Wenigstens stehst du dazu, dass du das hier nicht kannst."

Ich beiße mir auf die Lippe, während ich ihr dabei zuschaue, wie sie den anderen Teilnehmern folgt. Fragt sich nur, wer hier wirklich das arme Würstchen ist: Derjenige, der es mit sturer Verbissenheit zum Drama macht, wenn jemand nicht die hohe Kunst des Nordic Walking erlernen möchte oder derjenige, der bisher einfach Besseres zu tun hatte, als sich mit solchen Dingen zu beschäftigen und sich stattdessen an der Schönheit der Natur erfreut.

Für einen Moment verharre ich an meinem Platz und schaue den anderen hinterher, während *er* sich wieder in meinen Sinn schiebt. Seit der Depressionsrunde habe ich ihn nicht mehr gesehen und doch kreisen meine Gedanken immer wieder um ihn. Aber warum? Ich kenne ihn doch gar nicht. Und die Sache mit der besonderen Bindung? Habe ich mir das womöglich nur eingebildet?

Seufzend senke ich den Blick auf meine mit Schnee bedeckten Schuhe.

Reiß dich zusammen, Nancy! Du kennst ihn nicht. Außerdem ist er 18 Jahre älter als du – und du bist verheiratet. Alles, was dich interessieren sollte, ist eine schnelle Genesung.

„Hey!“ Carmen kommt freudestrahlend auf mich zu. „Ich glaube, ich geselle mich mal ein bisschen zu dir, wenn du nichts dagegen hast. Die anderen sehen mir das alles ein bisschen zu verbissen.“

„Na, Gott sei Dank. Ich dachte schon, ich bin die Einzige, die den Kram hier nicht so ernst nimmt.“

Carmen rollt mit den Augen. „Eins steht jedenfalls fest: Wenn Franziska mir noch ein einziges Mal zeigt, wie man diese Dinger richtig hält, werfe ich sie zur Seite und gehe ohne weiter.“

Ich lache. „Wen wirfst du zur Seite, Franziska oder die Stöcke?“

„Na, die Stöcke. Aber wenn du mich so direkt fragst …“

Nun lachen wir beide.

„Komm!“ Ich schnalle mir die Stöcke um die Hände. „Lass uns weiter, bevor die anderen noch eine Vermisstenanzeige aufgeben.“

„Gute Idee.“ Carmen zwinkert mir zu. „Mit etwas Glück überholen wir die Streber sogar.“

*

Statusmeldung, 13. März 2013

Und wieder mal suche ich ihn für ein paar Minuten, den kleinen, feinen Draht zur Außenwelt und sende euch ein kleines Lebenszeichen aus der Klinik. In der Therapie sollten wir unter anderem einen Spruch notieren, der uns Kraft gibt. Ich habe mich für den von Oscar Wilde entschieden. Meine krakelige Schrift verdanke ich übrigens den Buntstiften. Aber auch krakelige Buchstaben sagen (hoffentlich) die Wahrheit.

*

Was sich Oscar Wilde wohl dabei gedacht hat, als er feststellte, dass am Ende alles gut wird? Und dass es, sollte es noch nicht gut sein, eben noch nicht zu Ende ist?

Ich schiebe mein Handy nach dem Posten eines weiteren Lebenszeichens in meine Hosentasche und lehne mich gegen die kahle Wand des Stationsflurs. Der Nachmittag hat etwas Deprimierendes an sich. Seit der Depressionsrunde vor zwei Tagen habe ich nicht mehr mit ihm gesprochen. Bis auf ein flüchtiges „Hallo“ auf dem Flur fand keinerlei Konversation zwischen uns statt. Dementsprechend mies ist meine Laune.

Die Frage, wie es ein eigentlich Fremder schafft, derart wegweisend für meine aktuelle Stimmung zu sein, stelle ich mir mittlerweile nicht mehr. Stattdessen ertappe ich mich bei der Vermutung, warum Bastian bei unserer letzten Begegnung so schnell wieder auf seine Station musste: David. Er hat ihn mit mir zusammen neben dem Kaffeeautomaten sitzen sehen. Hand in Hand. Was hätte ich auch tun sollen, als David meine Finger mit seinen umschloss? Sie ihm entziehen?

Blödsinn! Warum sollte es Bastian interessieren, ob ich vergeben bin? Wir sind ja nur flüchtige Bekannte. Zwei Depressive am selben Ort. Zwei Menschen mit demselben Schicksal.

Weiter nichts. Vermutlich rede ich mir den besonderen Draht nur deshalb ein? Weil wir beide jemanden verloren haben. Weil wir beide durch denselben Schmerz krank geworden sind. Vielleicht ist das auch schon unsere einzige Gemeinsamkeit. Und selbst wenn da mehr ist, im Grunde spielt es keine Rolle – der Ring an meinem Finger spricht seine eigene

Sprache. Eine Sprache, die ich seit mittlerweile fünf Jahren spreche und von der ich geschworen habe, sie für den Rest meines Lebens zu sprechen. Und zwar mit David.

Aber warum werde ich das Gefühl nicht los, dass zwischen Bastian und mir mehr ist? Dass das Ungesagte zwischen uns mehr zählt als das Gesagte? Dass wir uns nicht grundlos kennengelernt haben?

Seufzend schlendere ich über den Flur und lasse mich auf einen Stuhl im leeren Aufenthaltsraum fallen, während eine Frauenstimme im verschlossenen Zimmer neben dem Schwesternstützpunkt die Station zusammenbrüllt.

„Ich bin okay“, schreit sie. „Ich bin okaaaaaaaay!“

Immer und immer wieder.

Time-Out nennt sich das angsteinflößende Zimmer, welches für gewöhnlich als erster Aufenthaltsort für besonders angeschlagene Patienten herhalten muss. Ein Zimmer, das den anderen Patienten und Besuchern nicht selten eine Gänsehaut beschert.

„Ich bin okay!“, schallt es erneut über den Flur, während sich der letzte Ton mit kratziger Stimme wie ein stumpfes Messer durch die drückende Krankenhausluft schlägt: Okaaaaaaaaaaaaaaaaaay!

Lethargisch lehne ich mich in meinem Stuhl zurück. Mein Blick wandert zum Fernseher an der Wand, der noch immer läuft. Eine für den Anlass etwas zu barbusige Reporterin berichtet über die anstehende Papstwahl und die Bekanntgabe des neuen Oberhauptes, die für den Abend angesetzt ist.

Wut überkommt mich. Verdanke ich die stetige Besserung meines Zustands denn tatsächlich allein den Gesprächen mit Bastian? Und will ich es wirklich zulassen, dass mir seine Entlassung diese Besserung jetzt wieder versaut?

„Ich bin okaaaaaaaaay!“

Das Gebrülle aus dem Time-Out lässt mich noch unruhiger werden.

Ja, Mädel, du bist okay! Ich hab’s gehört. Wir *alle* haben es gehört.

Ich schaue durch das Fenster auf den eingezäunten Hof hinaus. Die weißhaarige Frau mit der staubgrauen Strickjacke zieht ihre täglichen Runden über den gepflasterten Weg, der sich kreisförmig über den Rasen erstreckt. Auf der Bank am Zaun sitzen die Raucher und blasen schmutzige Wolken in die frostige Luft. Irgendwo fällt gerade ein Sack Reis um, ganz sicher.

„Ich bin okaaaaaaaaaay!“, dröhnt es erneut durch die verschlossene Tür.

Ich schlucke meine Unruhe herunter.

Eins.

Zwei.

Mein Blick klebt am Fernseher, der die Worte „weißer Rauch“ und „Petersplatz“ ausspuckt. Hyänenartiges Lachen aus dem Schwesternzimmer. Auf dem Tisch der Rest eines trockenen Kekses. Ein Windzug zwischen den Jalousien, als sich die Tür zum Hof öffnet.

„Ich bin okaaaaaaaaay! Ich biiiiiin oooookaaaaaay!“

Eins.

Zwei.

Wutentbrannt springe ich auf.

Nur raus hier. Einfach raus. Und wenn es nur für eine halbe Stunde ist.

Kapitel 8 – Kumpel und Herzchen

Man könnte der Versuchung nachgeben, den Klinikalltag als langweilig zu bezeichnen. Wenn man ehrlich ist, liegt die Antwort jedoch irgendwo zwischen den Zeilen: Dass Langeweile immer im Auge des Betrachters liegt und dass sie – auf ihre Weise - ein Segen ist, wenn sie als Ersatz für Traurigkeit dient.

Trotzdem bin ich weder gelangweilt noch traurig, als ich mich zu einem meiner vielen Spaziergänge aufmache. Vielmehr ist es die innere Unruhe, die mich meine Schritte energischer machen lässt als die Tage und Wochen zuvor.

Ich lasse den Parkplatz hinter mir und mit ihm die Klinik, schleppe mich vorbei an eingeschneiten Autos, die am Straßenrand parken und peile wie gewohnt den Fußgängerweg an, der mich durch das angrenzende Wohngebiet führt.

Während ich die eisige Luft einatme, überkommt mich ein seltsames Gefühl. Ein Gefühl, das so ungenau, so schwammig ist, dass ich es nicht fassen kann – und doch zwingt es mich augenblicklich stehenzubleiben.

Mein Atem bildet kleine weiße Wolken in der Luft.

Eins.

Zwei.

Ich schaue nach rechts zu den aschroten Wohnblöcken, geradeaus auf die Straße, die vom Krankenhaus weg zurück in die Stadt führt und ich starre auf den Asphalt unter meinen Füßen. Der Asphalt des Fußweges, den ich in den letzten Wochen so viele Male gegangen bin. In diesem Moment jedoch wird ein unerklärlicher Drang in mir wach, zum ersten Mal einen anderen Weg einzuschlagen.

Unweigerlich schaue ich nach links. Ein schmaler Weg führt vom Bürgersteig in eine Richtung, die ich auf den ersten Blick nicht ausmachen kann, da sich das Pflaster hinter den Wohnhäusern fortsetzt.

Instinktiv verlasse ich den Fußgängerweg und betrete den schmalen Pfad. Ich weiß nicht, was es ist, das mich diesen Weg nehmen lässt, aber wann immer mich ein unerklärlicher Instinkt wie dieser überkam, bin ich ihm gefolgt. So auch diesmal.

Schon nach wenigen Metern sehe ich, dass der Weg an einem hohen Eisenzaun vorbeiführt. Ein eingezäunter Hof? Unserer?

Nein, ein Hof, den ich bisher nicht kenne. Ich gehe weiter und bleibe schon im nächsten Moment stehen. Nur eine einzige Person steht neben der Tür, die zum Hof führt, in der Hand eine Zigarette.

Er ist es. Er ist es wirklich.

Ein Schauer überkommt mich und von einem Moment auf den nächsten scheint mir der unerklärliche Instinkt, den üblichen Weg zu verlassen und stattdessen diesen zu gehen, wie ein Wink des Schicksals. Sein letzter Tag in der Klinik – und vielleicht unsere letzte Begegnung? Irgendjemand scheint zu wollen, dass wir uns noch einmal sehen.

Ich atme ein.

Aus.

Ein.

Aus.

Endlich nehme ich meinen Mut zusammen und rufe vom Zaun aus zu ihm herüber.

„Dein letzter Tag heute, was?“

Zugegeben, ich war schon mal origineller.

„Sorry, ich hab nichts verstanden“, ruft er zurück.

Oh je, nun bringt er mich auch noch dazu, meinen einfallslosen Satz zu wiederholen.

„Dein letzter Tag heute“, rufe ich erneut.

„Ja.“ Er kommt ein paar Schritte näher. „Es wird auch Zeit. Ich hab genug von den Leuten hier.“

„Wem sagst du das? Was meinst du, warum ich so oft spazieren gehe? Da drinnen wird man noch verrückter, als man es sowieso schon ist.“

Bastian lacht, während er einen Zug von seiner Zigarette nimmt.

„Ich freue mich schon auf meine drei Wölfe", sagt er.

„Was hast du denn für Hunde?", frage ich und merke, dass es mich wirklich interessiert.

„Labrador-Schäferhund-und Hovawart-Schäferhund-Mischlinge."

„Ich habe auch Sehnsucht nach meinem Hund."

„Welche Rasse?"

„Deutsch-Kurzhaar. Genau genommen ist es der Hund meines Vaters, aber ich bin sonst jeden Tag mindestens einmal bei ihm. Da ist die Sehnsucht jetzt natürlich groß." Ich seufze. „Ich hoffe nur, dass er mich nach meiner Entlassung noch kennt."

„Klar wird er das. Da mach dir mal keine Gedanken. Hunde vergessen nicht. Er wird dich erkennen, glaub mir. Und er wird sich wie verrückt freuen."

„Meinst du?"

„Natürlich." Er lächelt mitfühlend. „Die Welpen, die meine Hündin vor vier Jahren bekommen hat, erkennen mich noch heute, wenn ich sie mal besuche."

„Echt?"

„Ja, Hunde merken es sich einfach, wenn sie zu jemandem einen besonderen Draht hatten."

„Du kannst gut mit Hunden, oder?"

„Kann man so sagen, ja. Tiere und ich, das war schon immer eine Sache für sich.“

„Ich fand so toll, was du bei der ersten Depressionsrunde gesagt hast.“

„Was denn?“

„Na, dass du dich mit deinen drei Hunden wohler fühlst als in einem Raum voller Menschen.“

Er lächelt.

„Das geht mir mit Tieren genauso“ fahre ich fort. „Sie sind einfach die besseren Menschen.“

Sein Lächeln scheint in sein Gesicht gemeißelt. Für einen Moment mustert er mich schweigend, ohne einen Laut von sich zu geben.

Frag mich doch endlich nach meiner Nummer! Los, verdammt, frag mich!

Doch er fragt nicht. Er scheint nicht mal darüber nachzudenken, mich zu fragen.

Und wenn ich ihn selbst frage?

Nein, das könnte missverstanden werden. Am Ende denkt er noch, dass ich mehr von ihm will als einen unverbindlichen Kontakt unter Gleichgesinnten. Andererseits ist vielleicht genau das die Wahrheit: Ich *will* mehr. Nur *was* will ich? Eine Freundschaft? Jemanden zum Reden, wann immer ich mich missverstanden fühle?

„Sorry, aber mir wird langsam kalt“, sagt er nach einer Weile.

Erst jetzt bemerke ich, dass er nur ein Sweatshirt trägt.

„Ja klar“, antworte ich leicht verunsichert. „Sollst dich ja nicht erkälten.“

Mit einem letzten Lächeln und einer flüchtigen Handbewegung, die einem Winken ähnelt, wendet er sich von mir ab und verlässt den Hof in Richtung Station.

Ich setze meinen Spaziergang fort, als hätte ich es furchtbar eilig, doch die Wahrheit ist, dass ich mir nicht die Blöße geben will, ihm hinterherzuschauen.

Was für ein alberner Gedanke, mit ihm in Kontakt bleiben zu wollen. Er hat sein Leben, ich habe meins. Wenn ihm wichtig wäre, mich wiederzusehen, hätte er spätestens die heutige Chance genutzt. Und überhaupt: von wegen besonderer Draht und Zauber, der zwischen uns liegt. Schicksal. Ha! Vermutlich habe ich einfach nur die falschen Pillen geschluckt.

Er ist ein Fremder, nichts weiter. Und ich hatte einfach nur Langeweile.

Richtig?

Richtig!

*

HERZ: Diese Augen. Diese eisblauen Augen.

VERSTAND: Herr Gott, das Mädel schläft. Kannst du sie denn nicht mal im Schlaf mit deinen albernen Schwärmereien in Ruhe lassen?

HERZ: Sei du lieber still, Kumpel. Du hast sie doch schließlich erst in diese Lage gebracht!

VERSTAND: In was für eine Lage? Nun bring hier mal nichts durcheinander, Herzchen. Dass sie sich in einen 50-jährigen verknallt hat, ist allein auf deinen Mist gewachsen.

HERZ: Seelenverwandtschaft kennt kein Alter. Außerdem habe ich nicht davon gesprochen.

VERSTAND: Ach nein? Wovon denn dann?

HERZ: Von dieser beschissenen Krankheit natürlich. Wem hat sie denn die krankhaften Grübeleien zu verdanken? Mir ganz sicher nicht.

VERSTAND: Schuldzuweisungen helfen uns jetzt auch nicht weiter. Lass uns lieber überlegen, wie wir sie wieder gesund kriegen.

HERZ: Im Gegensatz zu dir arbeite ich bereits mit Hochdruck daran.

VERSTAND: Moment mal, was machst du da?

HERZ: Ich sorge dafür, dass sie wieder gesund wird, das siehst du doch.

VERSTAND: Mit *so* einem Traum?

HERZ: Lass ihr doch auch mal ein bisschen Spaß!

VERSTAND: Spaß hin oder her, ich wüsste nicht, wie sie derartige Intimitäten zur Ruhe bringen sollen. Außerdem ist es nur ein Traum, was sie nach dem Aufwachen umso mehr verwirren wird.

HERZ: *Noch* ist es ein Traum. Aber was nicht ist ...

VERSTAND: Um Himmelswillen, der Mann ist 50!

HERZ: Du wiederholst dich. Aber was will man von einem Spielverderber auch anderes erwarten.

VERSTAND: Ich bin kein Spielverderber, ich behalte nur den Überblick.

HERZ: Den Überblick? So so.

VERSTAND: Einer muss es ja tun. Was dabei herauskommt, wenn du das Kommando übernimmst, haben wir ja gesehen. Du setzt ihr Flöhe in den Kopf, die sie jetzt absolut nicht gebrauchen kann. Sie ist verheiratet, Herzchen. VERHEIRATET!

HERZ: Manche Entscheidungen stellen sich hin und wieder eben als falsch heraus. Sie war siebzehn, als sie sich in David verliebte. Fast noch ein Kind.

VERSTAND: Eine Entscheidung, für die ebenfalls du verantwortlich warst, wenn ich dich daran erinnern darf.

HERZ: Das weiß ich selbst, du Besserwisser. Damals war es ja auch die richtige Entscheidung. Aber jetzt …

VERSTAND: Jetzt was?

HERZ: Jetzt haben sich die Dinge eben geändert. *Sie* hat sich geändert. Und sie hat es verdient, endlich jemanden zu finden, der sie so liebt, wie sie ist. Jemand, bei dem sie sich zum ersten Mal in ihrem Leben frei entfalten kann.

VERSTAND: Jemand, der sie liebt? Woher willst du das wissen? Er kennt sie doch überhaupt nicht.

HERZ: Ich rede ja auch nicht von jetzt, sondern von der Zukunft. Abgesehen davon habe ich ganz genau gespürt, dass da etwas zwischen den beiden ist. So wie er sie angesehen hat, da liegt etwas in der Luft, glaub mir.

VERSTAND: Es kommt immer mal vor, dass irgendwer irgendwem schöne Augen macht. Das heißt aber noch lange nicht, dass man dafür seine Ehe aufs Spiel setzt.

HERZ: Meinst du, ich würde zulassen, dass sie derartig schnell Feuer für einen Mann fängt, der es nicht wert ist?

VERSTAND: Das ändert nichts daran, dass sie verheiratet ist.

HERZ: Sie ist unglücklich in ihrer Ehe, hast du das denn noch immer nicht begriffen? Sie ist so unglücklich, dass sie sogar krank geworden ist. Jetzt wird es Zeit, dass wir endlich etwas dafür tun, dass sie wieder echte Freude empfinden kann.

VERSTAND: Sie ist krank geworden, weil Anita und Martin gestorben sind und sie während ihrer Kämpfe gegen den Krebs so leiden mussten. So etwas geht an niemandem spurlos vorbei.

HERZ: Ihr Tod war ein schwerer Schlag, ja. Aber unglücklich war sie schon lange vorher. Sie hat sich nur einfach zu lange und zu intensiv von der eigenen Unzufriedenheit abgelenkt, deswegen hat sie es nicht gemerkt. Das Drama in ihrer Familie hat das viel zu volle Fass lediglich zum Überlaufen gebracht.

VERSTAND: Dann willst du jetzt also David die Schuld an ihrem Dilemma geben?

HERZ: Nein, David ist so, wie er immer war. Und damals war das auch okay so, zumal sie ihn lange Zeit trotz seiner Reserviertheit geliebt hat. Aber mittlerweile hat sie schon allein durch das Schreiben so sehr zu sich selbst gefunden, dass sie jemanden braucht, der ihre kreative Ader am Leben hält. David hingegen braucht jemand Bodenständigen, eine Frau, mit der er ein glückliches und geerdetes Leben führen kann. Das Problem ist nur, dass sie das unterbewusst längst begriffen hat, auch dass sie niemals so eine Frau sein wird, sich aber trotz allem für David verantwortlich fühlt. Deshalb ist sie selbst jetzt noch bei ihm, obwohl die Dinge schon lange nicht mehr so laufen, wie sie es sollten.

VERSTAND: Schön und gut, aber was willst du jetzt tun? Du kannst nicht von mir verlangen, dass ich mich komplett aus allem raushalte. Moment mal, was hast du denn jetzt schon wieder vor? Das ist doch nicht etwa ...

HERZ: Lass mich nur machen. Ich weiß, was ich tue!

VERSTAND: Um Himmelswillen, mit *so* einem Traum erreichst du doch nur, dass sie wieder irgendwelchen peinlichen Blödsinn veranstaltet, sobald sie wach ist.

HERZ: Genau das ist ja Sinn und Zweck der Sache. Es ist sein letzter Tag in der Klinik und sie hat seine Nummer immer noch nicht, es wird Zeit, dass sie endlich handelt.

VERSTAND: Aber muss sein Oberkörper denn unbedingt nackt sein? Reicht es nicht, wenn sie von einem einfachen Gespräch träumt? Und wenn wir vielleicht ... ich meine, wir könnten doch einfach ...

HERZ: Hände weg, Kumpel! Das ist MEIN Traum, klar? Was dabei herauskommt, wenn du dich um ihre

Träume kümmerst, wissen wir inzwischen. Das müssen wir echt nicht nochmal durchkauen, oder?

VERSTAND: Ich verstehe sowieso nicht, warum du dir solche Mühe mit diesem Traum gibst. Selbst wenn du damit erreichst, dass sie ihn nach seiner Nummer fragt, wie soll sie deiner Meinung nach damit umgehen, wenn er sie ihr nicht gibt? Glaubst du wirklich, dass sie schon stark genug ist, um mit so einer Abfuhr umzugehen? Wenn er Interesse an ihr hätte, hätte er sie schon längst selbst nach ihrer Nummer gefragt. Also wenn du mich fragst ...

HERZ: Ich frag dich aber nicht. Außerdem hat er sie nur deshalb nicht gefragt, weil er sie zusammen mit David gesehen hat. Und weil sie in der Depressionsrunde erwähnt hat, dass sie verheiratet ist. Auch wenn sie sich nicht mehr daran erinnern kann.

VERSTAND: Ja, weil sie dank DIR wieder nur am Heulen war.

HERZ: Waren wir uns nicht einig, mit den Schuldzuweisungen aufzuhören?

VERSTAND: Das fällt dir wieder nur dann ein, wenn's um dich geht.

HERZ: Nicht so laut, Kumpel! Du weckst sie ja noch auf und mein Traum ist doch gerade auf seinem Höhepunkt.

VERSTAND: Es ist sowieso nur ein Nachmittagsschläfchen. Außerdem gibt's nachher gleich Abendessen.

HERZ: Würdest du bitte für einen Moment den Vernunftsmodus abstellen? Das nervt! Nun gönn ihr doch wenigstens im Schlaf ein bisschen Spaß.

VERSTAND: Aber wenn's ein Sex-Traum wird, dann ...

HERZ: Wir brauchen keinen Sex, um das Feuer in ihr zu entfachen. Im Grunde bräuchten wir nicht mal den nackten Oberkörper, aber die Zeit rennt uns davon, da muss man auch mal zu härteren Mitteln greifen.

VERSTAND: Was ist das denn für ein Lärm?

HERZ: Oh nein, das ist Hanna. Sie reißt gerade wieder mal eine Packung Kekse auf.

VERSTAND: Sie ist ja nicht gerade die Leiseste.

HERZ: Na super, und das bei Nancys leichtem Schlaf. Ich hoffe nur, die Bilder von Bastians Oberkörper waren intensiv genug, um ... Mist, sie wird wach.

VERSTAND: Vielleicht ist es besser so.

HERZ: Klappe! Du hast schon genug angerichtet.

*

Die Keks-Packung. Prima! Wieder mal hat Hanna mich aus dem Schlaf geknuspert.

„Hab ich dich geweckt?“, fragt sie mit unschuldigem Blick, während sie in einem Meer von Kekskrümeln auf dem Bett sitzt.

„Nein, nein“, beruhige ich sie. „Hab nur schlecht geträumt.“

Ich drehe mich zur Seite und starre aus dem Fenster.

Die Wahrheit ist, dass ich ausgezeichnet geträumt habe, auch wenn die Bilder bereits wieder am Verblassen sind. Ich kann mich nicht genau erinnern und doch liegt ein Gefühl in meiner Brust, das nur einen Namen kennt: Bastian.

Aber was habe ich geträumt? Und woher kommt dieses tiefe, vertraute Gefühl?

Langsam setze ich mich aufrecht, während mich ein unbeschreibliches Gefühl der Unruhe überkommt: Sein letzter Tag in der Klinik und ich liege hier sinnlos herum! So sicher ich mir auch war, ihm nicht nachzulaufen, was habe ich schon zu verlieren?

Ich greife nach meinem Handy: kurz nach halb fünf. Bis zum Abendessen ist noch Zeit. Wenigstens für einen Zitronentee. Vielleicht treffe ich ihn ja auf dem

Weg zum Sport? Vielleicht hält er ja auch bereits nach mir Ausschau?

Blödsinn!

Trotzdem lässt mir der Gedanke keine Ruhe. Ich öffne den Schrank und beginne, in meiner Geldbörse zu wühlen, doch die Münzen scheinen für meine permanenten Automaten-Besuche fast restlos draufgegangen zu sein.

Ich kippe das Kleingeld auf der Bettdecke aus und beginne zu zählen. Und tatsächlich: 1 Euro, mein letztes Kleingeld. Das reicht gerade mal für einen Becher Tee.

Ich schiebe die Münzen in die Tasche meiner Jogginghose und verschwinde im Bad, um meine Haare zu kämmen.

Mit kritischem Blick beäuge ich mich im Spiegel.

Nein, jetzt ist keine Zeit für übertriebene Eitelkeit. Es ist die letzte Chance. Auch wenn sie nur klein ist.

Als ich die Tür der Station hinter mir ins Schloss fallen lasse und auf den Flur trete, ist weit und breit niemand zu sehen. Weder Bastian noch sonst irgendwer.

Langsam gehe ich auf den Automaten zu und beginne, die Münzen einzuwerfen. Ein Fünfzig-Cent-Stück, zwei Zwanzig-Cent-Stücke und einen Zehner. Ich warte auf den Display-Befehl, ein Getränk auszuwählen, als ich überrascht feststelle, dass nur ein Betrag von fünfzig Cent angezeigt wird.

Unmöglich. Ich weiß genau, dass ich insgesamt einen Euro eingeworfen habe.

Oder habe ich mich getäuscht?

Unruhig krame ich in meiner Hosentasche, doch nirgends ist das fehlende Fünfzig-Cent-Stück zu finden.

Ich schaue erneut aufs Display. Fünfzig Cent. Immer noch.

Ich drehe mich um. Noch immer keine Menschenseele zu sehen.

Seufzend drücke ich schließlich auf den Knopf zur Geldrückgabe, um die fünfzig Cent zu entnehmen.

Ich schaue mich ein letztes Mal um, dann gehe ich zurück auf die Station.

Doch diese simple Tatsache lässt mir keine Ruhe. Wie kann ein Fünfzig-Cent-Stück im Automaten verlorengehen? Einfach so?

Lustlos lasse ich mich auf mein Bett fallen und ziehe die Schublade meines Rollcontainers auf, um darin nach Münzen zu suchen.

Widererwarten werde ich fündig. Ein Zehn-Cent-Stück, zwei Zehn-Cent-Stücke. Langsam beginne ich zu zählen. Und tatsächlich bekomme ich wieder einen Euro zusammen.

Ein neuer Versuch?

Warum nicht!

Ich gebe zu, dass ich an Zeichen glaube und daran, dass nichts ohne Grund geschieht. Der Glaube daran, dass es für uns alle einen Plan gibt, hat sich vor allem in der Zeit gefestigt, als wir gegen die Krankheit meines Bruders und meiner Mutter ankämpften. Ein Glaube, der uns die Kraft gab, das alles durchzustehen. Genau dieser Gedanke geht mir auch durch den Kopf, als ich bei den Schwestern klingele, um die Stationstür öffnen zu lassen und erneut zum Automaten marschiere. Denn gerade als ich anfangen will, die Münzen in den Spalt zu schieben, sehe ich, dass bereits fünfzig Cent als Guthaben angezeigt werden.

Nanu! Die fünfzig Cent von vorhin? Wo kommen die denn plötzlich her?

Unweigerlich schiebe ich die restlichen Münzen in den Schlitz, als ich hinter mir die Tür der anderen Station surren höre.

Mehrere Stimmen. Männerstimmen.

Irgendetwas hält mich davon ab, mich umzudrehen.

Ich wähle die Taste für den Zitronentee und umklammere den Becher bereits, bevor er vollständig gefüllt ist.

Langsam ziehe ich ihn aus der Halterung, als ich hinter mir eine vertraute Stimme höre.

„Kaffee!“, ruft er mir zu. „Nicht zu viel.“

Ich drehe mich um und sehe, wie er mit zwei anderen Männern zur Ausgangstür geht, auf dem Kopf eine hellgraue Wintermütze. Lächelnd dreht er sich zu mir um, als er schon fast am Ausgang ist.

Kaffee nicht zu viel? Eine etwas merkwürdige Reihenfolge von Worten. Eine Reihenfolge, die eher zu mir und meiner Nervosität passen würde.

„Nein“, antworte ich. „Zitronentee.“

Noch immer lächelt er. Vertraut und so voller Zuversicht. Ein Lächeln, das mir ein so warmes Gefühl gibt, dass ich im selben Moment traurig werde.

Unser letzter Blick? Die letzte Begegnung?

Bevor ich mir selbst die Frage stellen kann, ist er auch schon draußen.

Weg. Einfach weg.

Ich schaue auf den Zitronentee in meinen Händen. War das wirklich schon alles?

Wäre die Münze nicht im Automaten stecken geblieben, hätten wir uns nicht mehr gesehen, das ist mir klar. Aber wozu das Ganze? Damit mir sein letztes Lächeln den Abschied noch schwerer macht?

Wieder schiebe ich mich durch die Stationstür über den Zwischenflur zum Schwesternstützpunkt. Gerade als sie mich wieder hineinlassen wollen, überkommt mich ein spontaner Gedanke:

Warum soll ich darüber nachdenken, ob es peinlich ist? Oder meine Zeit damit vergeuden, mich zu fragen, was sich gehört und was nicht? Ich *will* seine Telefonnummer. Und wann, wenn nicht heute? Scheißegal, ob es offensichtlich ist, dass ich auf ihn warte – der Zweck heiligt die Mittel. Oder?

„Ich will doch noch nicht rein“, sage ich zur Schwester. „Ich muss noch einmal raus. Hab was vergessen.“

„Jetzt aber nicht mehr, Frau Salchow“, antwortet die korpulente Schwester mit dem strengen Blick. „Es gibt in ein paar Minuten Abendessen.“

„Aber es dauert nicht lang“, lüge ich. „Ich beeile mich. Wirklich.“

„Kann das nicht bis morgen warten?“ Ihre Frage ist mehr eine Feststellung.

„Na gut, dann eben nach dem Abendessen“, lenke ich ein.

„Tut mir leid, aber nach dem Abendessen machen wir die Tür gar nicht mehr auf. Dann können Sie nur noch auf den Innenhof.“

„Den Innenhof?“

„Ja.“

Surrend öffnet sich die schwere Tür. Mit unnachgiebigem Augenaufschlag gibt sie mir zu verstehen, dass sie keinen weiteren Widerspruch duldet.

Wehmütig werfe ich einen letzten Blick über den langen Flur zum Automaten herüber. War es das? War es das wirklich?

Das Räuspern der Schwester reißt mich aus den Gedanken.

Missmutig durchquere ich schließlich die Tür, nur um sie danach wie eine schwere Mauer, die eine Welt von der anderen trennt, hinter mir zufallen zu hören.

Ja, das war es. Das war es wirklich.

Kapitel 9 – Aller Anfang ist schwer

„Wir sind sehr zufrieden mit Ihnen, Frau Salchow.“ Die Ärztin mit der monotonen Stimme mustert mich zuversichtlich. „Deshalb können wir Sie nun denke ich ruhigen Gewissens in die Gruppe B wechseln lassen. Es ist gerade erst ein Bett frei geworden drüben.“

„Gruppe B?“, wiederhole ich ungläubig. Derartige Neuigkeiten habe ich der morgendlichen Visite gar nicht zugetraut.

„Ja.“ Die Ärztin nickt. „So oft, wie Sie in den letzten Tagen bei den Schwestern geklingelt haben, um sich die Tür öffnen zu lassen, könnten wir allein für Sie jemanden einstellen, der nur für das Öffnen und Schließen der Station zuständig ist.“

„Verstehe.“ Ich schlage die Beine auf dem Bett übereinander, während sich die Erinnerung an meine erste Erfahrung mit Gruppe B in mein Gedächtnis schiebt.

„Aber das ist doch wohl hoffentlich nicht der einzige Grund, warum ich rüber soll?“, fahre ich nach einem kurzen Grübeln fort.

„Natürlich nicht. Wie gesagt, wir sind sehr zufrieden mit Ihnen und ich denke, diesmal sind Sie wirklich soweit.“

Ich schweige.

Angst überkommt mich. Der erste Tag in der Klinik ohne Bastian und nun auch noch ein Umzug in ein anderes Zimmer, auf eine Station mit wildfremden Menschen?

„Sie müssen das positiv sehen“, erklärt die Ärztin in ruhigem Ton, als sie meine Unsicherheit bemerkt. „In die Gruppe B kommen nur die Patienten, die sich so positiv entwickelt haben, dass wir Ihnen diesen Schritt zutrauen. Schließlich ist es die offene Station, wenn Sie verstehen, was ich meine.“

„Ja“, murmele ich. „Ja, natürlich.“

Doch die Wahrheit ist, dass ich rein gar nichts verstehe.

Warum habe ich ein derart tiefes Gefühl für Bastian entwickelt, mich so tief in die Bemühungen gestürzt, ihm immer wieder zu begegnen, wenn er nun doch von einem Tag auf den anderen aus meinem Leben verschwindet? Und wieso stellt mich das Schicksal schon wieder auf die Probe und reißt mich nun aus meiner vertraut gewordenen Umgebung? Ausgerechnet heute!

„Frau Salchow?“

„Ja.“

„Ist alles in Ordnung?“

„Ja.“

„Der Umzug in die Gruppe B ist ein Schritt weiter in Richtung Entlassung. Das dürfen Sie nicht vergessen.“

„Ich weiß“, antworte ich leise und erschrecke im selben Moment über die Tatsache, dass ich es gar nicht mehr eilig habe, entlassen zu werden. Was soll ich zu Hause? Was soll ich überhaupt irgendwo?

Ich unterdrücke die Tränen. „Und wann geht's rüber?“

„Im Laufe des Vormittags.“

„Na dann“, ich bemühe mich um ein Lächeln, „werde ich wohl mal meine Sachen zusammenpacken.“

„Glauben Sie mir, es wird Ihnen gefallen. Aller Anfang ist schwer. Aber eben nur der Anfang.“

Ich schaue ihr nach, wie sie zusammen mit den Schwestern und Assistenzärzten das Zimmer verlässt.

Aller Anfang ist schwer.

Ja.

Besonders der Anfang vom Ende.

*

Ihre Augenringe sind so tief, dass ich mich zügeln muss, sie nicht anzustarren. Ihre Mundwinkel ziehen sich nach unten wie bei einem Stau-Smiley auf der Autobahn.

Lana. Meine neue Zimmernachbarin.

Anfang fünfzig, vielleicht auch Mitte, und meine erste Begegnung auf der neuen Station.

Mein Bett steht quer an die Wand gelehnt, hinter mir das Fenster mit Blick auf den Klinik-Garten und den Haupteingang auf der anderen Seite.

Seufzend setze ich mich aufs Bett, lehne mich an die Wand und schaue Lana aus dem Augenwinkel beim Stricken zu.

Wie traurig sie aussieht.

Nein. Traurig ist nicht das richtige Wort. Emotionslos trifft es eher. Beinahe wie ein Roboter. Unsere Vorstellung glich der zweier Menschen bei einem Bankgespräch. Kein Lächeln, keine Höflichkeitsfloskel. Nur der dezente Hinweis, dass ich bitte die zwei langen dunklen Haare, die ich nach dem Kämen im Waschbecken übersehen habe, entfernen möchte.

Nicht, dass sie unfreundlich ist. Nein. Vielmehr ist es ihre Undurchsichtigkeit, die mir Angst macht. So belastend Hannas Dauerlachen auch werden konnte, es war mir weitaus lieber als diese Totenstille.

Aber wenigstens lässt sie mich in Ruhe meinen Gedanken nachhängen.

Schweigend starre ich aus dem Fenster, das sich auch auf der neuen Station beharrlich weigert, mir den Frühling zu präsentieren.

Winter. Immer wieder. Und immer noch.

Die Idee, mich nach wochenlangem Schweigen mal wieder bei meinem guten Freund Hauke zu melden, streift mich flüchtig. Vielleicht kann er mir helfen, auf andere Gedanken zu kommen, schließlich reden wir für gewöhnlich über alles. Meine Bücher, seine Freundinnen, den Umgang mit schwierigen Mitmenschen. Sogar auf meiner Hochzeit war er damals, obwohl er mehr als drei Stunden entfernt in Ostfriesland lebt. Ob ich ihn einfach mal anrufe?

„Ich gehe rüber in den Gemeinschaftsraum“, sagt Lana, während sie ihr Strickzeug auf ihren Rollcontainer packt. „Willst du auch mit?“

„Nein“, antworte ich mit dem Ansatz eines Lächelns. „Ich bleibe noch ein bisschen hier.“

Der Gedanke, schon in einer Stunde das Abendessen mit all den fremden Menschen zu verbringen, ist einschüchternd genug.

Lana verlässt das Zimmer.

Dankbarkeit für etwas Einsamkeit wird in mir wach. Doch schon im nächsten Moment löst sie sich in beängstigende Leere auf.

Es fällt mir schwer, die Tränen zu unterdrücken, während ich mich lustlos ins Bad schleppe.

Sehnsucht nach heißem Wasser.

Wasser, das über meinen Körper fließt und meine Sinne weckt.

Doch als ich mich langsam ausziehe und unter den heißen Strahl stelle, übermannt mich die Traurigkeit komplett.

Die Tränen vereinen sich mit den Strahlen, die sich in endlosen Bahnen ihren Weg über meinen müden Körper suchen.

Mit dem letzten bisschen Verstand, das sich durch meine Traurigkeit in mein Bewusstsein kämpft, wird mir klar, dass es zum ersten Mal seit meinem Aufenthalt nicht meine Krankheit ist, die mich zum Weinen bringt. Doch diese Erkenntnis tröstet mich nur wenig.

Er ist weg.

Endgültig.

*

„Sie müssen die Energie spüren.“ Die Brasilianerin mit den feurigen Augen und dem lockigen schwarzen

Haar tänzelt durch den Raum, als wäre es ein Lagerfeuer und fuchtelt fröhlich glucksend mit den Armen. „Trauen Sie sich, Ihre Gefühle zuzulassen!“

Tag zwei in der neuen Gruppe und schon jetzt fühle ich mich wie ein matschiger Apfel auf nassem Rasen.

„Lassen Sie sich auf die Musik ein und bewegen Sie Ihren Körper so, wie die Gefühle aus Ihnen herausströmen. Sie sind frei!“

Aus einem schnarrenden Radio im Regal singt Israel Kamakawiwoʻole „Somewhere over the rainbow“, der Soundtrack zu meinen Tränen, die auch an diesem Vormittag völlig unkontrolliert über meine Wangen laufen.

Tanztherapie.

Ja.

Manche (diejenigen mit viel Fantasie) würden vielleicht behaupten, dass wir tanzen. Ich nenne es eher das demütigende Präsentieren meiner nicht vorhandenen Ambitionen.

Mit leblos herunterhängenden Armen wackele ich durch den Raum, während ich mich bemühe, mit keinem der anderen „Tänzer“ zu kollidieren.

„Lassen Sie alles raus! Die Gefühle strömen durch Ihre Arme. Spüren Sie es! S-p-ü-r-e-n Sie es!“

Meine Tränen verlassen den Status der Lautlosigkeit.

Die Therapeutin schaut mich besorgt von der Seite an. Mit ermutigendem Lächeln greift sie nach meinen Händen.

„Lassen Sie alles raus, meine Liebe!“

Im Rauslassen bin ich gut. Heulsusig gut.

„Spüren Sie die Kraft, die in Ihnen liegt“, fährt sie fort, während wir Hand in Hand voreinander stehen und mit den Armen wedeln wie Kleinkinder.

Ich mag sie. Ja, ich mag sie wirklich, diese positiv Verrückte, die es liebt, ein bisschen anders zu sein. Trotzdem ist es mir peinlich, mich vollkommen fallen zu lassen. Selbst vor ihr.

Somewhere over the rainbow, way up high.

Am liebsten möchte ich schreien. Jeder soll wissen, dass es nicht die Depression ist, die mich zum Heulen bringt. Aber stimmt das überhaupt? Oder ist es vielleicht gerade die Krankheit, dic mich so sensibel auf Bastians Entlassung reagieren lässt?

Lana kommt mir mit schwingenden Armen entgegen und strahlt mich an. Für einen Moment scheinen auch ihre Augenringe wie weggeblasen. Selbst ihre Mundwinkel bewegen sich ausnahmsweise nach oben.

Sonnenstrahlen, die sich durch das breite Fenster stehlen, erhellen den aschgrauen Teppich des Therapieraums.

Somewhere over the rainbow, way up high.

Wer weiß, vielleicht gibt es ihn ja wirklich, diesen einen Regenbogen. Irgendwo hinter den Krankenhausmauern.

*

Wenn ich heute zurückblicke, fällt es mir schwer nachzuvollziehen, warum ich David gegenüber kein schlechtes Gewissen hatte. Vielleicht weil mein Interesse für Bastian mit den Augen eines Realisten, der David zweifellos ist, nichts weiter war als eine harmlose Schwärmerei. Eine Schwärmerei ohne jeden Nährboden. Zumindest zum damaligen Zeitpunkt. Vielleicht fiel es mir deshalb so leicht, David sogar von Bastian zu erzählen und davon, wie sehr mir die Gespräche mit ihm geholfen haben, erste Schritte in Richtung Genesung zu gehen. Einfach, weil er ein ähnliches Schicksal wie ich durchlebt hat.

David verstand das sogar.

Und warum auch nicht?

Es war schließlich nicht das erste Mal, dass ich auch männliche Freunde hatte. Und nie hat es Grund für Misstrauen zwischen uns gegeben.

Ich schließe meine Augen, atme tief ein und bin wieder im Frühjahr 2013. Es ist der 15. März und ich sitze mit angewinkelten Beinen auf meinem Bett, den Rücken an die kahle Wand gelehnt. Neben mir David.

„Und wie war die erste Tanztherapie heute?“, fragt er.

„Ganz okay“, antworte ich lustlos.

„Ich weiß noch nicht, wann ich morgen hier sein kann“, sagt er.

„Du brauchst morgen auch gar nicht zu kommen, Papi kommt ja schon.“

„Ach so.“

Es fällt schwer zu erkennen, ob es ihm etwas ausmacht. Vielleicht auch deshalb, weil ich mir keine besonders große Mühe gebe, seine Mimik zu deuten?

Ich senke den Blick auf meine Beine.

„Ach übrigens“, beginnt er plötzlich. „Du hast doch von diesem Bastian Enger erzählt und dass du es schade findest, dass er entlassen wurde.“

„Ich weiß nicht genau, ob er Enger oder Anger heißt. Ich hab den Nachnamen in der Depressionsrunde nicht so wirklich verstanden. Das ist ja das Problem -“ Ich stocke. Dass ich bereits versucht habe, ihn anhand seines Namens im Internet ausfindig zu machen, kann ich ihm nicht sagen. Oder doch?

„Eben als ich gekommen bin“, fährt er fort, „hat die eine Schwester – du weißt schon, die mit dem Glasauge – einen anderen Patienten auf dem Flur gefragt, ob er noch Kontakt zu Bastian Enger hat.“

„Wirklich?“ Meine Augen nehmen ein unangemessenes Leuchten an.

„Der Typ sagte dann, dass sie sich mal wieder treffen wollen, wenn Bastian wieder in der Stadt ist.“

In der Stadt. Kommt er etwa nicht aus Wismar? Habe ich ihn deshalb nicht im Internet gefunden?

„Und sie hat Enger gesagt?“, frage ich.

„Ich weiß nicht mehr genau. Vielleicht auch Anger oder Engel. Keine Ahnung.“

Mich mit David über Bastian zu unterhalten, ist mehr als skurril. Trotzdem überwiegt ein anderer Gedanke, der in mir aufkeimt wie ein Schneeglöckchen, das sich nach dem Frost der vergangenen Monate endlich seinen Weg ins Sonnenlicht sucht: Die Patientenakte! Das Krankenhaus hat seine Daten. Und wenn ich ihm einfach einen Brief schreibe und die Schwester bitte, ihn an ihn weiterzuleiten?

Eine absurde Idee?

Nicht absurder als der Gedanke, mich in einen Wildfremden verliebt zu haben.

Mein Blick wandert zu David. Noch immer regt sich kein Gewissen in mir. Denn ich weiß, dass ich nichts tun würde, dass ihn verletzt. Außerdem: Jede Frau braucht hin und wieder ein kleines Geheimnis, oder? Und solange es nur im Kopf stattfindet …

Ich atme ein.

Ich atme aus.

Ein.

Aus.

„Vielleicht sollte ich ihm schreiben“, sage ich nach einer Weile. „Es wäre schön, jemanden zu haben, mit dem ich mich über die Krankheit unterhalten kann.“

Die Tatsache, dass er 50 Jahre alt ist, scheint ausreichend, um David keinen Anlass zur Sorge zu liefern.

„Wenn es dir hilft“, entgegnet er ruhig.

„Ja.“ Ich lächle zuversichtlich. „Das würde mir helfen.“

„Aber du hast doch seine Adresse gar nicht.“

Mein Lächeln wird zu einem breiten Grinsen. „Noch nicht.“

*

Es war nicht geplant und doch scheint mir die Lösung in diesem Moment ganz nah. Er kennt ihn. Dieser Mann kennt ihn. Ganz sicher!

Nur wenige Meter vom Kaffeeautomaten entfernt fällt er mir ins Auge: schmächtig, eingefallenes Gesicht, glasiger Blick.

Ja, so stellt man sich einen Patienten auf der Abhängigkeitsstation vor. Ein Klischee, das zumindest von ihm erfüllt wird.

Auf hageren Beinen steht er auf dem Flur neben der Stationstür und hält sich an einem Kaffeebecher fest.

Es fällt schwer, sein Alter zu schätzen. Vielleicht ist er sechzig, vielleicht Mitte vierzig. Die Sucht scheint die Spuren der Zeit verwischt und ihren eigenen prägnanten Abdruck hinterlassen zu haben.

Mitgefühl schleicht sich in meine Sinne. Ob er zum ersten Mal hier ist?

„Entschuldigung." Als ich darüber nachdenke, ihn anzusprechen, stehe ich auch schon neben ihm. „Bis gestern früh war noch ein Patient auf eurer Station. Ich kenne aber nur seinen Vornamen. Bastian. Weißt du vielleicht, wie er mit vollem Namen heißt und wo er wohnt?"

„Basti?" Er runzelt die Stirn. „Ja, den kenn ich. Aber wie er mit Nachnamen heißt? Keine Ahnung."

„Engermann“, ruft mir eine Stimme von der Seite zu. „Er heißt Bastian Engermann.“

Irritiert drehe ich mich um. Hinter mir, auf der Sitzreihe, die ich selbst in den letzten Wochen so oft als Aussichts-, Ruhe- und Treffpunkt auserkoren habe, sitzen zwei Frauen, die scheinbar ebenfalls von derselben Station kommen.

„Bist du sicher?“, frage ich sie, während ich langsam näherkomme.

„Absolut sicher. Er wohnt in einem kleinen Ort in der Nähe von Wismar. Aber über seinen Namen müsstest du ihn sicher finden.“

„Das wäre ja einfach prima!“, antworte ich. „Wir haben uns ein paar Mal ganz nett unterhalten und ich würde ihm gerne schreiben.“

„Na dann!“ Sie lächelt mir zu. „Viel Glück bei der Suche!“

„Danke.“

Ich unterdrücke den Drang, augenblicklich loszurennen, um auf meinem Netbook nach ihm zu googeln. Den ersten Schritt bis zur Tür meiner Station gehe ich geradezu schleichend, doch als sie ins Schloss fällt, beginne ich instinktiv zu laufen.

Ein Schritt.

Zwei Schritte.

Sollte es wirklich so einfach sein, ihn zu finden?

Hastig werfe ich die Zimmertür hinter mir zu. Während ich mich auf mein Bett werfe und meinem Netbook beim Hochfahren zuschaue, stelle ich erleichtert fest, dass ich alleine bin. Lana. Sicher strickt sie wieder mal im Aufenthaltsraum.

Als sich die ersehnte Webseite öffnet und ich seinen Namen eingebe, setzt mein Herz für einen Moment aus.

Tatsächlich. Das ist er. Ein Foto, das seinem realen Aussehen in keiner Weise gerecht wird, sondern vielmehr ein Paradebeispiel dafür ist, wie egal es einem echten Mann zu sein scheint, ob er auf einem Bild gut rüberkommt. Ein beinahe schon grimmiger Blick zur Seite, der so gar nichts mit seiner aufgeschlossenen Art gemeinsam hat.

Trotzdem ist er es. Bastian. Kein Zweifel.

Freundschaftsanfrage?

Einen letzten blassen Moment lang zögere ich, bis der Cursor meiner Maus wie von selbst zum Button „Freund hinzufügen“ wandert.

Ein Herzschlag.

Zwei.

Freundschaftsanfrage versendet.

Kapitel 10 – Hier kommt die Sonne

15. März 2013, 16.53 Uhr

Nancy Salchow:

Lieber Bastian,

vielleicht erinnerst du dich noch an mich? Ich bin die Frau (Nancy) aus der Depri-Gruppe im Hanse-Klinikum, mit der du dich in den letzten Tagen hin und wieder unterhalten hast. Ich habe eben am Kaffee-Automaten (einer meiner Lieblingsorte ;-)) mit ein paar Leuten von deiner Station erzählt und die haben mir deinen Nachnamen genannt. Ich fänd's schön, wenn man sich nicht komplett aus den Augen verlieren würde, da ich das Gefühl hatte, dass du einer der wenigen bist, der überhaupt eine Ahnung hat, wie es einem wirklich geht, wenn man schlimme Dinge erlebt hat. Und der eben trotzdem den Mut nicht verliert, selbst wenn er ganz unten war. Irgendwie hatte ich das Bedürfnis, dir zu schreiben. Kurz und gut: hier meine Freundschaftsanfrage. Ich hoffe, es geht dir "da draußen" gut (und auch deinen drei Vierbeinern). Ich bin gestern auf die offene Station hier in der Psychiatrie gewechselt, hoffe aber, auch bald nach Hause zu kommen. Meine "tollste" Therapie heute war

Kartenspielen in der Ergo - wenn man vorher nicht depressiv war, wird man es spätestens dann.

Viele Grüße Nancy

Regungslos starre ich auf meine Nachricht. Aus der anfänglichen Euphorie werden Zweifel. Ob er sich überrollt fühlt, die Nachricht womöglich als unpassend empfindet? Waren es im Grunde nicht bedeutungslose Gespräche, die ich überbewertet habe? Ist der Wunsch nach Kontakt zu ihm nicht maßlos übertrieben?

Für einen Moment spiele ich mit dem Gedanken, Hauke anzurufen. Wann immer mich in der Vergangenheit etwas belastete, Hauke wusste immer Rat. Sicher auch in diesem Fall – und wenn es nur wäre, um mir meine Selbstzweifel zu nehmen.

Doch bevor ich mich in weiteren Grübeleien oder Ideen verlieren kann, unterbricht eine kleine Systemnachricht meine trüben Gedanken.

Bastian Engermann hat deine Freundschaftsanfrage bestätigt.

Für einen Augenblick halte ich die Luft an. Neben seinem Namen leuchtet ein kleiner grüner Punkt auf, der mir für den Hauch eines Momentes das Gefühl gibt, mich im selben Raum wie er zu befinden.

Wie absurd, jetzt nervös zu werden.

Aber ebenso absurd wäre, es nicht zu sein.

Oder?

Mein Herz schlägt mir bis zum Hals, als seine Antwort in meinem Postfach eintrudelt.

15. März 2013, 17:08 Uhr

Bastian Engermann:

es ist alles gut schön von dir zu hören ich hätte es auch von mir aus getan aber ich wusste nicht ob ich dir zu nahetrete weil ich ja weiß wie du dich fühlst aber jetzt bin ich froh dass wir schreiben können es freut mich sehr und meinen wölfen geht es jetzt wieder sehr gut denn der papa ist wieder da

Lächelnd streift mein Blick seine Zeilen. Mir zu nahetreten? Wie süß! Von einem Moment auf den anderen sind alle Unsicherheiten wie weggefegt. Er erinnert sich. Er erinnert sich sogar gern!

Die Tatsache, dass er sich nicht mit Nichtigkeiten wie Satzzeichen oder Groß- und Kleinschreibung beschäftigt macht ihn mir umso sympathischer. Womöglich hat ihn meine verhältnismäßig lange Nachricht sogar mehr oder weniger erschlagen?

Euphorisch ziehe ich das Netbook auf meine Knie und beginne zu überlegen, um schon im nächsten Moment zu erkennen, dass es besser ist, dem Bauch die Regie zu überlassen.

Wie tanzende Regentropfen fliegen meine Finger über die Tasten. Ohne Grübeln. Ohne Zweifel. Einfach nur er. Einfach nur ich.

15. März 2013, 17.15 Uhr

Nancy Salchow:

Ich freue mich auch, dass wir nun hier verknüpft sind. Nein, damit wärst du mir nicht zu nahegetreten. Du bist einer der wenigen hier (wenn nicht sogar der Einzige), der normal war und bei dem ich das Gefühl hatte, dass er versteht, wie es mir hier geht. Und da ich in meiner neuen Gruppe fast nur mit miesepetrigen Gesichtern zu tun habe, ist es schön, noch Kontakt zu jemandem zu haben, der schon wirklich Schlimmes erlebt hat und trotzdem noch positiv durchs Leben geht. So etwas finde ich schön und es baut mich auch auf nach allem, was ich selbst durchgemacht habe. Ich komme übrigens ganz aus deiner Nähe, wie du siehst.

Und schön, dass es den Wölfen wieder gut geht. Dann geht es einem selbst auch gleich besser. Habe dein Titelbild gesehen. Irgendwo auf meiner

Pinnwand ist auch ein Foto von meinem Harkon, falls du mal Langeweile hast.

Nancy

15. März 2013, 17.19 Uhr

Bastian Engermann:

es ist schön zu hören dass ich dir gut tue denn ich bin ein offener mensch der zu seinen taten steht ich versuche das beste aus dieser ganzen scheisse zu ziehen und ich bin nicht allein das ist wichtig für mich meine familie und meine freunde sind für mich da das tut gut wenn du möchtest komme ich dich sonntag mit meinem max besuchen

und: wenn du reden möchtest jeder zeit

denn auch für mich ist es wichtig mit menschen zu reden die wissen wovon ich rede ich würde mich freuen dich mit meinem max besuchen zu dürfen

ps. meine zeit im knast ist gott sei dank vorbei

Mit offenem Mund starre ich auf seine Worte. *Wenn du möchtest, komme ich dich Sonntag mit meinem Max besuchen.*

Er will herkommen? Mit einem seiner Hunde? Kein Zweifel, auch er freut sich, mich wiederzusehen.

Wer begibt sich schon freiwillig zurück in den „Knast", wenn es sich nicht lohnt.

Oder?

Mein Atem wird schneller. Sonntag. Schon übermorgen.

15. März 2013, 17.24 Uhr

Nancy Salchow:

Ja, es ist seltsam. Für gewöhnlich gehen mir die meisten anderen Menschen gleich auf die Nerven, weil die eben anders ticken, aber bei dir hatte ich das Gefühl, dass man aus der größten Scheiße auch wieder rauskommen kann. Auch wenn es manchmal noch schwer ist. Mich mit Max besuchen? Das ist einer deiner Hunde, richtig? Darüber würde ich mich sehr freuen. Das wäre toll! Nur wenn du willst und Zeit hast natürlich.

P.S. Ich bin jetzt erst mal weg zum Abendessen, hier scheint man auf die Anklagebank zu kommen, wenn man irgendeine Therapie oder Mahlzeit auch nur eine Minute zu spät aufsucht. Hier wird man verrückt. Ach nee, das bin ich ja schon.

15. März 2013, 17.26 Uhr

Bastian Engermann:

du bist nicht verrückt das möchte ich nicht hören ok

Vier Minuten vor halb sechs. Das Abendessen. In großen Schritten hechte ich aus meinem Zimmer über den Flur zu den anderen.

Mein Tablett steht im Gegensatz zu denen der anderen als einziges noch zugeklappt auf dem Tisch und erinnert mich sträflich an meine Verspätung.

„Oh ja stimmt." Ich lächle verlegen zu Teresa herüber, während ich Platz nehme. „Hier gibt's ja immer schon etwas früher Abendessen."

„Viertel nach", antwortet Teresa mit dem Lächeln einer nachsichtigen Ordensschwester.

Zumindest heute scheine ich noch unter Welpenschutz zu stehen.

Doch in meinem Bauch ist kein Platz für Schamgefühl oder Reue, stattdessen scheinen tausend Hummeln meine Sinne zu durchstreifen.

Wenn du möchtest, komme ich dich Sonntag mit meinem Max besuchen.

Unweigerlich schiebt sich ein dümmliches Grinsen auf meine Lippen, während ich mir eine Gewürzgurke in den Mund schiebe.

„Du bist ja so gut gelaunt", stellt Teresa sachlich fest.

„Das bin ich auch. Ich bekomme am Sonntag netten Besuch."

„Na, das ist doch schön." Sie zerteilt ihre Scheibe Brot mit einem stumpfen Messer. Die Idee, mich zu fragen, wer zu Besuch kommt, scheint ihr nicht zu kommen.

Ich schaue zu Jonas, der neben mir sitzt und mit leerem Blick auf seine Teetasse starrt.

„Warst du beim Friseur?", frage ich ihn fröhlich.

Jonas murmelt ein fast lautloses „Ja."

„Sieht toll aus!", entgegne ich lächelnd.

Schüchtern schaut er auf. „Danke."

Ich strahle bis über beide Ohren, während sich die krümelige Schwarzbrotscheibe vor mir in ein nobles Festmenü verwandelt.

Wenn du möchtest, komme ich dich Sonntag mit meinem Max besuchen.

*

15. März 2013, 18.21 Uhr

Nancy Salchow:

So, jetzt bin ich wieder da. Bin immer froh, wenn ich von dem Zusammensein (Mahlzeiten) mit den anderen befreit bin. Es nervt auch, dass ich kein Zimmer allein habe, aber meine Zimmergenossin ist meistens im Aufenthaltsraum, dann geht es Gott sei Dank.

Bitte fühle dich nicht erschlagen, wenn ich so viel schreibe, aber ich bin "Schnell-Tipper" und schreibe manchmal sehr viel auf einmal. Das soll dich aber jetzt nicht einschüchtern (ich weiß ja, Männer schreiben meist nicht gerne viel). Ich bin nur froh, dass ich hier mal etwas anderes tun kann, als auf meine Depressions- und Medikamentensymptome zu achten.

Ja, du kannst auch mit mir reden und ich glaube, dich verstehen zu können. Genau das war auch ein Grund, warum ich den Kontakt zu dir gesucht habe. Das, was du durchgemacht hast, tut mir so leid und normalerweise bin ich auch jemand, der andere sehr gut aufheitern kann. Deshalb habe ich gedacht, dass ich vielleicht auch dir eine Hilfe sein kann. Ich hatte zumindest das Gefühl, denn manchmal kann ich andere auch dann aufbauen, wenn ich selbst am Heulen bin. Irgendwie ist er eben doch immer da (manchmal nur etwas besser versteckt), der Glaube daran, dass alles gut wird.

Ich würde mich wie gesagt sehr freuen, wenn du mit Max kommst. Natürlich nur, wenn du es nicht schlimm findest, zurück in den Knast zu kommen. Ich komme dann natürlich nach draußen. Ich darf ja nun endlich auch raus, ohne bei den Schwestern um Auslass zu bitten.

Ich schicke dir nochmal meine Handy-Nummer, für den Fall, dass das Internet hier wieder mal spinnt (ich gehe gerade per Netbook ins Internet und nehme mein Handy als "Modem", aber das Internet hakt manchmal), aber per Facebook ist ja ansonsten besser, weil umsonst.

Nancy

15. März 2013, 19.47 Uhr

Bastian Engermann:

So ich bin wieder da es tut richtig gut mit dir zu reden du weißt ja es verstehen nicht viele wie wir uns fühlen aber man lernt aus fehlern man ist nicht zu alt dafür und ich denke wenn man dazu steht und ich rede jetzt offen über meine probleme geht es einem besser

Ps. ich hatte glück war allein auf dem zimmer

Ich sauge seine Zeilen auf wie Wassertropfen in der Wüste. Während ich seine Worte lese, wird mir klar, dass mir die Besonderheit seiner Person vermutlich nicht aufgefallen wäre, wenn wir uns auf Facebook kennengelernt hätten. Er beschränkt sich auf das Wesentliche, hält sich nicht mit Schnörkeln oder überflüssigen Worten auf – und dennoch ist es genau das, was mich fasziniert. Zwei Menschen, die verschiedener nicht sein könnten und doch auf wundersame Weise miteinander verbunden sind – durch Schicksalsschläge, die uns beide auf die Probe gestellt haben. Ereignisse und Verluste, die unser beider Leben in Richtungen gelenkt haben, mit denen wir anfangs nicht umzugehen wussten.

Und jetzt?

Was ist jetzt anders?

Im Grunde ist doch alles genau wie vorher. Ich, redseliges Nervenbündel auf dem Weg zum alten Ich. Er, kurzsilbiges und lässiges Stehaufmännchen, das trotz allem nach vorn schaut. Hier und da ein paar flüchtige Worte, die wir miteinander teilen.

Mehr nicht.

Nein. Mehr nicht.

Das Klingeln meines Handys reißt mich aus den Gedanken. Genervt schaue ich zum Rollcontainer neben dem Bett. Das Letzte, was ich jetzt gebrauchen kann, ist jemanden, der mich stört. Doch als ich eine fremde Nummer auf dem Display sehe, überkommt mich eine Ahnung, die mich augenblicklich innehalten lässt.

„Hallo?“, säusele ich unsicher ins Telefon.

„Ja hallo, hier ist Bastian.“

„Oh, das ist aber eine Überraschung.“

„Na ja, du hast mir deine Nummer doch gerade geschickt.“

„Ja, aber …“ Ich halte kurz inne. „Ihr Männer seid nicht unbedingt Freunde des geschriebenen Wortes, was?“

Er lacht. „Ja, reden ist dann doch besser.“

„Schön, dich zu hören.“

„Ich freue mich auch.“

Seine Stimme am anderen Ende der Leitung zu hören hat geradezu etwas Symbolisches. Fast so, als hätte ich mir eine fremde Welt in meine eigene geholt. Eine Welt, in die ich bisher keinen Fuß gesetzt habe und die doch so verlockend scheint.

Seine Welt.

„Ich hoffe, es hat dich nicht irritiert, dass ich dich über das Internet gesucht habe, bisher habe ich so etwas nicht gemacht, aber diesmal war mir irgendwie danach. Ich weiß auch nicht, ich fand es einfach schade, dass unser Kontakt einfach so …“

„Geht mir genauso“, fällt er mir ins Wort und bringt mich unweigerlich zum Lächeln.

„Ich bin ja verheiratet“, höre ich mich sagen und erschrecke im selben Moment über diese Information.

„Deshalb ist es vielleicht etwas ungewöhnlich, dass ich nach einem eigentlich fremden Mann im Internet suche“, beeile ich mich fortzufahren. „Aber ich fand einfach, dass unsere Gespräche ... ich weiß auch nicht ... irgendwie ging es mir danach immer besser.“

„Ich weiß genau, was du meinst. Genau deshalb habe ich mich ja auch so gefreut, von dir zu hören. Es ist wichtig, mit Menschen zu tun zu haben, die verstehen, was man durchmacht. Leute, die die Krankheit eben kennen. Ich weiß ja nicht, wie dein Mann drauf ist, aber ...“ Er stockt für einen Moment. „Aber ich hoffe, er versteht, dass so ein Kontakt sehr wichtig ist.“

„Er wird es verstehen müssen“, antworte ich und erkenne im selben Augenblick, dass ich Recht habe. So oft haben David meine Emotionen und meine Bitten nach mehr Beachtung für meine Krankheit überfordert, ist es da nicht mehr als erlaubt, dass ich mir nun selbst zu helfen versuche? Oder ist diese Erklärung nicht doch nur der klägliche Versuch, mein eigenes Gewissen zu beruhigen?

Andererseits, was ist schon dabei?

Facebook. Eine Freundschaftsanfrage. Na und?

„Ich freue mich sehr darüber, dass du mich besuchen willst“, sage ich nach einem kurzen Zögern.

„Ich mich auch.“ Ich sehe ihn lächeln, ohne ihn zu sehen.

„Und ganz besonders freue ich mich auf Max“, ergänze ich.

„Er wird dir gefallen. Jeder liebt Max, wenn er ihn erst mal kennengelernt hat.“

Nach und nach verliere ich mich in einer scheinbar belanglosen Unterhaltung, die mich umso mehr gefangen nimmt. Auch am Telefon ist er spürbar, dieser ganz besondere Draht zwischen uns. Jedes Wort, das wir wechseln, scheint so unbefangen, so unschuldig – und doch ist da so viel mehr.

Zum ersten Mal ertappe ich mich dabei, dass ich mich nicht mehr frage, ob ich mir das alles einbilde. Allein die Tatsache, dass er mich sofort angerufen hat, kann einfach kein Zufall sein.

Gleichzeitig erwische ich mich dabei, ohne Punkt und Komma zu reden. Viel zu viele, viel zu schnelle Worte. Und doch kann ich nicht anders. Die Gewissheit, ihn am anderen Ende der Leitung zu haben, beflügelt mich mehr, als ich es vermutlich zulassen sollte.

„Bekommst du denn am Sonntag noch anderen Besuch?“, fragt er.

„Nein.“ Ich überlege kurz. „Das kläre ich. Außerdem sind sie froh, wenn sie mal einen Tag keine Krankenhausluft atmen müssen.“

Und wer weiß, vielleicht stimmt das ja sogar.

Mein Gewissen schweigt beharrlich.

Und warum auch nicht? Es ist nur ein Telefonat. Und solange ich David davon erzähle, hat mein Gewissen auch weiterhin den Anspruch, rein zu sein.

Richtig?

„Und du bist dir sicher, dass es für deinen Mann okay ist, wenn ich dich besuche?“

„Natürlich. Ich habe ihm auch schon erzählt, dass ich gern Kontakt zu dir hätte. Es ist ja auch nichts dabei.“

„*Wir* wissen das.“

„Siehst du? Und er weiß das auch. Man könnte das wohl als eine Art Zwei-Personen-Depressionsrunde betrachten. Wir beschränken uns eben auf die Patienten, die uns am besten verstehen. Und wenn das nur einer ist, dann ...“

„Dann ist das immer noch besser als gar keiner.“

„Ganz genau.“ Ich lache. „So kann man das wohl sehen.“

15. März 2013, 20.46 Uhr

Nancy Salchow:

Lieber Bastian,

noch als Abschluss für heute, weil mir noch eines wichtig ist: Ich möchte nicht, dass du denkst, dass ich nach dir gesucht habe, damit du mein Kummerkasten bist. Du sollst wissen, dass auch du dich bei mir melden kannst, wenn es dir scheiße geht. Ich glaube, dass wir da einander helfen können, wenn es mal dunkle Momente gibt - oder durch den Kontakt auch ein bisschen dafür sorgen können, dass die dunklen Momente nicht wieder kommen.

So. Nun widme ich mich schöner Musik. Habe auf Facebook gesehen, dass du die Beatles magst. Sehr gute Wahl! Ich war mal eine Zeit lang Sängerin in einer Band, da haben wir viel von ihnen gespielt. Mein Favorit ist "Here Comes The Sun" - das sehe ich immer als positives Zeichen: "Hier kommt die Sonne".

Viele Grüße aus der Klapse

Deine Leidensgenossin Nancy

Kapitel 11 – Ein Streifen Licht

Es waren nur ein paar Sekunden, die der Moment, in dem ich die Tür öffnete, für sich beanspruchte, trotzdem war dieser eine haltlose Augenblick mächtig genug, um mein gesamtes bisheriges Leben für beendet zu erklären. Ein Augenblick, der ein neues Leben, eine neue Etappe mit so übermächtigem Schmerz einläutete, dass er alles andere in den Schatten stellte.

Ein schmaler Streifen Licht schob sich durch den Türspalt in das dunkle Zimmer, während ich langsam eintrat. Es war kein ungewohnter Anblick, Josephine an seinem Bett sitzen zu sehen. Das Wissen, dass es das letzte Mal sein würde, war es, das mich lähmte. Sie weinte nicht, zumindest nicht laut, vielmehr war es ein regungs- und lautloses Leiden, das sie allein durch die Berührung seiner kalten Hand zu stillen versuchte.

Instinktiv ließ ich mich neben ihn aufs Bett fallen und presste meine zitternden Lippen auf seine kühle Wange.

Mama war auch da. Ja. Damals war sie es noch. Umso schmerzhafter ist die Erkenntnis, dass ich mich nicht mehr daran erinnere, ob sie sich im selben Raum befand oder bereits auf den Flur zurückgekehrt war.

Tränen erstickten meine Stimme, die keine Worte fand.

Wie unwirklich. Wie absurd.

Nein. Nicht er. So etwas passierte woanders, aber nicht hier. Nicht ihm. Keinem Menschen mit so viel Leben in seinen Venen. Doch die Wahrheit lag mit geschlossenen Augen vor mir und meißelte sich ungeschönt in meinen Verstand.

Nein.

Nicht er. Nicht hier. Nicht jetzt. Nicht so. Nicht ...

Schweißgebadet fahre ich in die Höhe. Der Schmerz, die Bilder, zum Greifen nah.

Ich atme.

Ein.

Aus.

Ein.

Aus.

Das Laternenlicht am Rande der Jalousien färbt das Schwarz des Raumes in dunkles Grau, während sich mein Puls langsam normalisiert.

Ich schaue zu Lana herüber, die sich am anderen Ende des Zimmers in vertrautem Schnarchen verliert.

Langsam lasse ich mich wieder zurück aufs Kissen fallen und starre an die farblose Decke.

Ein.

Aus.

Ein.

Aus.

Fast wie von selbst stiehlt sich der Gedanke an den Abend und das Telefonat mit Bastian zurück in mein Bewusstsein.

Wie viel Kraft sich daraus ziehen lässt, wie viel Licht, das selbst die dunkelste Ecke des Raumes zu erhellen scheint. Die Bilder des Traums werden mit jedem Atemzug blasser.

Ein.

Aus.

Ein.

Aus.

Und plötzlich ist allein die Gewissheit, mit jemandem reden zu können, der dasselbe durchgemacht hat, Trost genug, um zurück in den Schlaf zu finden.

*

„Du bist stark“ flüstere ich mir selbst zu. „Immer daran denken. Du bist stark. Stark genug.“

Für einen Moment scheint dieses Mantra ausreichend, um mich selbst zu beruhigen. Ausreichend, um Zeilen zu lesen, die bisher zu schmerzlich waren. Zeilen, die nach und nach zum Trost werden. Mamas Zeilen.

Hier auf meinem Bett. Hier in meiner eigenen kleinen Welt.

Ich senke den Blick zum Netbook auf meinen ausgestreckten Beinen.

Montag, 2. August 2010

Martin hat die Operation gut überstanden. Tumore zum größten Teil entfernt. Eine Geschwulst drückte auf die Nerven und hat die Lähmungserscheinungen verursacht. Entnommenes Gewebe wurde zur histologischen Diagnose in das Institut nach Schwerin geschickt.

Dienstag, 3. August 2010

Er wurde von der Intensivstation auf die normale Station verlegt. Mein Besuch bei ihm: Er gefiel mir besser. Natürlich war er schlapp, angeschlagen, gereizt, hatte mächtige Kopfschmerzen, einen Blasenkatheter. Aber seine Sprache hatte sich fast normalisiert. Das gab mir Hoffnung. Die Lähmungen waren noch da, aber vielleicht bekommen sie es mit der entsprechenden Therapie wieder hin? Nur nicht die Hoffnung verlieren. Der Befund sollte innerhalb einer Woche eintreffen.

Da wir uns immer abwechselten und nicht alle gleichzeitig im Zimmer waren, nutzte ich die Gelegenheit, mit dem Arzt zu sprechen.

Ich sprach ihn direkt an, wie das entnommene Gewebe optisch auf ihn wirkte. Er druckste zuerst herum und meinte dann: „nicht gut“.

Der nächste Tiefschlag. Nein, noch bestand Hoffnung! So lange es nicht schwarz auf weiß stand, durften wir nicht verzweifeln.

Meine Tochter meinte dann, wir müssten ihn darüber unterrichten. Da wurde ich laut und sagte, dass er momentan überhaupt nicht – und von uns schon gar nicht – über irgendwas unterrichtet wird! Daran wurde sich dann gehalten.

Ich schlucke. Plötzlich ist die Erinnerung wieder allgegenwärtig.

Und ich erinnere mich an alles. Vor allem an die Tage, an denen nur wir wussten, dass Martin an seinem

Tumor sterben würde, man es ihm aber selbst noch nicht gesagt hatte.

Sicher war es richtig, ihm in seinem Zustand nicht noch die letzte Hoffnung zu nehmen. Trotzdem erinnere ich mich umso intensiver an das schreckliche Gefühl, mehr über seine Zukunft zu wissen als er selbst.

„Du bist stark genug", ermahne ich mich erneut. „Und du bist es ihr schuldig, diese Zeilen zu lesen.

Mit einem tiefen Atemzug senke ich den Blick erneut auf den Bildschirm.

Donnerstag, 5. August 2010

Wieder Besuch von der Familie bei ihm. Ich blieb dieses Mal zu Hause, weil ich merkte, dass ihm das zu viel wurde. Er wollte nur, dass seine Freundin bei ihm ist.

Mein Mann musste dann mit einem Schriftstück, welches die Klinik abstempeln sollte, noch einmal zur Ärztin. Und plötzlich hieß es, der Befund sei da.

Tiefschlag von der übelsten Sorte. Aggressivste Tumorform, schnellwachsend und tödlich! Sie entließ meinen Mann mit den Worten: „Machen Sie ihm noch ein schönes Jahr!".

Na, toll! Grandiose Aussage. Nach dem Motto: Nun macht mal!

Ich will es nicht akzeptieren. Ich kann es nicht akzeptieren. Er ist mein Kind. Er hatte vor 11 Jahren schon einen schweren Verkehrsunfall und ist dem Tod noch einmal von der Schippe gesprungen. Da kann der Sensenmann jetzt nicht so hinterhältig sein und ihn auf diese Art und Weise zu sich holen. Nein, das lass ich nicht zu. In 50 Jahren vielleicht, aber gewiss nicht jetzt.

Mitte nächster Woche wird er in die Strahlenklinik nach Rostock verlegt. Da wird die Behandlung fortgeführt. Alles Versuche, die Dinger zum Absterben zu bringen.

Vielleicht gibt es ja doch noch ein Wunder? Ich glaube daran. Was bleibt mir sonst????

Viel gepriesener Gott, ich gestehe, ich habe nie an dich geglaubt, aber jetzt hast du die einmalige Gelegenheit, mir zu beweisen, dass es dich doch gibt und dass du mehr Kraft und Macht hast als wir kleinen Menschlein. Bitte zeig es mir. Na los! Bist du der Allmächtige? Wenn du das hier alles zum guten Ende führst, dann schwöre ich dir, werde ich nie wieder an dir zweifeln und die Leute belächeln, die an dich glauben.

Freitag, 6. August 2010

Wage gar nicht, meine kleine Freude zu Papier zu bringen. Er macht Fortschritte mit der gelähmten rechten Seite. Kann seine Hand schon wieder bewegen und versucht erste Schritte mit einer Art „Rollator“, nur viel höher.

Wie sich die Apparatur genau schimpft, muss ich noch erfahren. Eine Gehhilfe. Sie nennen sie jedenfalls spaßig „EVA“.

Sogar das Bedürfnis, mal zu telefonieren, hat wieder Besitz von ihm ergriffen. Ein Lichtblick. Der große Tumor ist ja entfernt, aber er wird wieder wachsen.

Nein! Er darf sich nicht mehr ausbreiten. Das ist ein ausdrückliches Verbot.

Martin ahnt, dass es ganz schlimm enden könnte. Trägt es merkwürdiger Weise mit erstaunlicher Fassung.

Die Nacht war grausam, der Tag war erträglich durch die Arbeit im Büro. Etwas Ablenkung von den trüben Gedanken.

Heute Nacht im Halbschlaf hatte ich die aberwitzige Hoffnung, wenn ich aufwache, ist alles gut. Im Gegenteil, ich erwachte IN den Albtraum hinein.

Samstag, 7. August 2010

Das Schicksal kann doch nicht so grausam sein, dass es einen Menschen nach einer so schweren OP so hervorragend aussehen lässt, um ihn dann nach Monaten doch zum Sterben zu verurteilen? Ist das Leben so hinterhältig? Weckt wunderbare Hoffnungen, um sie ihm und uns dann doch zu nehmen? Man kann und will es sich nicht vorstellen. Wofür wird er dermaßen hart geprüft? Er ist so ein liebevoller, gutherziger Mensch und hat das Leben doch noch vor sich. Steckt voller Pläne, die er realisieren will.

Waren ihn heute wieder besuchen. Sind mit ihm mit dem Rollstuhl zum See gefahren. Er hat sich so schön erholt. Kann seinen Kopf wieder bewegen, seine rechte gelähmte Hand funktioniert schon sehr gut. Und schnattert ununterbrochen. Wir haben viel gelacht. Und es war von keiner Seite ein zwanghaftes Lachen, sondern kam aus tiefster Seele. Er hat uns auf seinem Laufgestell ganz stolz gezeigt, wie gut er sich damit fortbewegen kann. Es war ein fröhlicher, heiterer Tag, der von Lachen, Witz und Übermut geprägt war. Soviel positiver Unsinn kam aus ihm. Früher hat das manchmal sehr genervt, heute freuen wir uns darüber. Wie sich die Ansichten doch ändern können. Traurige Gedanken schoben wir alle beiseite.

Das heißt, sie kamen gar nicht erst auf. Doch immer wieder klang durch, wie sehr ihm der Ernst der Lage bewusst ist. Ja, und uns sowieso. Aber er will unbedingt noch eine größere Reise unternehmen mit seiner Freundin. Geld genug hat er. Warum also nicht, wenn es seine Gesundheit noch zulässt? Traurige Gedanken schoben wir alle beiseite.

Uns und ihm ist schon klar, dass es so gut, wie es im Moment, nicht lange gehen wird. Bestrahlung, Chemo – all das wird seinen Körper sehr belasten. Aber nicht jede Chance nutzen? Uns nicht über jeden kleinen Fortschritt hier und heute freuen dürfen? Nein, wir klammern uns an jeden Strohhalm und ist er auch noch so trocken!

Unsere Tochter meint, unsere Familie wäre eh nicht „normal“ im üblichen Sinne. Und vielleicht passiert deshalb gerade bei ihrem Bruder ein medizinisches Wunder?

Wird jemand da sein, der unseren Sohn trägt, wenn es ihm so schlecht geht? Ja, wenn es nicht Gott ist, worauf man sich ja nun absolut nicht verlassen kann, werden wir es sein, die ihn tragen. Die ihn auffangen, die für ihn da sind. Die die schwere Zeit, die noch vor ihm liegt, mit ihm teilen. Seinen Schmerz, seine Ängste. Wie müssen sich Menschen fühlen, die in so schwierigen Situationen mit sich alleine sind und niemanden haben. Sogar mein Ältester, der mit Sentimentalität so gar nichts am Hut hat, sprach es gestern aus: „Am schlimmsten ist es, wenn du in so einer Situation ganz allein bist!“

Meine Tochter, deren Bindung zu ihrem kranken Zwillingsbruder besonders eng ist, sitzt so voller Ängste, die immer wieder aus ihr herausbrechen. „Wie soll ich ohne ihn leben können? Bei Zwillingen ist es nun mal so, dass es bedeutet, das von einem die andere Hälfte fehlt! Wie amputierte Gliedmaßen!“

Ich selbst lasse einfach keine Ängste zu. Unheimlich, dass ich nicht weinen kann. Will ich mir damit sagen, wenn ich weine, gebe ich ihn auf? Ich denke mal, das Weinen wird in einem unerwarteten Moment kommen. Und dann wie ein Sturzbach, der nicht zu zügeln ist, aus mir herausbrechen.

Montag, 9. August 2010

Heute hatte ich das erste Mal einen Anruf von meinem Sohn aus der Klinik. Und er klang sehr munter und zuversichtlich. Der Arzt wäre sehr zufrieden mit ihm. Verlegt wird er allerdings erst am Donnerstag in die Strahlenklinik. Na, er will es sich gut gehen lassen bis dahin und sich tüchtig Speck anfuttern (oh, oh, eigentlich ist er „speckig“ genug, aber ein paar Polster für die bevorstehende Prozedur sind gewiss nicht verkehrt.)

Allerdings gab es heute auch Schimpfe von den Schwestern. Er solle nicht übertreiben mit dem Gehen. Hat er nicht die arme „Eva" in der Ecke stehen lassen und ist ohne sie losgetigert? Na, die wird sauer gewesen sein und ihn verpetzt haben! Bis am Klinikausgang war er ohne Gehhilfe und er meinte, es ging sehr gut. Ich befürchte nur, sein Kreislauf könnte eventuell mal versagen und dann liegt er da.

Für solche Fälle tragen die Patienten – wie sonst die Säuglinge – Armbänder mit Namen, Diagnose und wo sie untergebracht sind. Tolle Sache.

Die Mädels (seine Freundin und seine Schwester) waren heute wieder bei ihm. Er hat sie dann in der Cafeteria ausgehalten. Der kleine Geizhals. Hätte er längst mal machen können. Muss richtig schmunzeln, da ist er wohl mächtig über seinen Schatten gesprungen.

Mittwoch, 11. August 2010

Hatte mich spontan entschlossen, ihm in Plau noch einen Besuch abzustatten, weil er doch erst morgen nach Rostock verlegt wurde. Ganz schöner Stress! Erst bis 14.00 Uhr arbeiten, dann meine

Schwester vom anderen Ende der Welt abgeholt, Tochter meldete sich noch über Handy, dass sie auch mit will und so ging's los: 90 km hin, 90 zurück.

Martin kam uns schon entgegen als wir aus dem Fahrstuhl stiegen. „Freihändig", die „Eva" stand zur Sicherheit aber bei Fuß. Prima, wie schön das Laufen klappt. Und auch die Hand und der Arm funktionieren wieder einwandfrei. Er ist so stolz und ist felsenfest davon überzeugt, dass es jetzt nur noch aufwärts geht. Obwohl ich an Optimismus kaum zu überbieten bin, weiß ich, dass er viele Rückschläge einstecken werden muss. Aber soll ich ihm das alles so direkt sagen? Warum sollte ich? Wem ist damit geholfen? Soll er doch einfach nur für heute leben, wer weiß denn schon, was der nächste Tag bringt.

Allerdings habe ich mich auch über ihn aufgeregt. Dass er der größte Geizhals unter der Sonne ist, erwähnte ich ja schon. Er hat ein Handy, was sehr preiswert – um nicht zu sagen, unverschämt billig war – 5 Euro! So eines hatte er mir vor Jahren auch besorgt. Allerdings habe ich es beizeiten wieder entsorgt, weil das Gerät dermaßen gestrahlt hat, dass meine Geldkarte ewig entwertet war. Bis ich die Ursache überhaupt entdeckte, dauerte es. Und nun frage ich mich – ich denke, sicherlich nicht unberechtigt -, wenn man dieses Ding jahrelang am

Ohr hat und das Handy dermaßen strahlt, KANN – muss aber nicht – doch hier auch ein Grund für seine Tumore liegen. Habe ihm dann ein anderes mitgebracht. Er wollte das neue Handy aber nicht, er hinge so an seinem alten! Da kann man nur den Kopf schütteln, ich will doch einfach nur jeden Verursacher ausschalten. Richtig laut wurde er und ich natürlich auch. Vielleicht sollte ich ihm den Ernst der Lage viel deutlicher klarmachen. Ich war echt wütend, wollte da vor allen Leuten allerdings auch kein Fass aufmachen. Hoffe nun, dass ich die nächsten Tage die Gelegenheit habe, ihn mir nochmals vorzuknöpfen.

Ansonsten war es ein schöner Abend. Anstrengend, weil doch immer eine weite Fahrt, aber lustig und humorvoll. Übrigens machten wir ihm den Vorschlag, er möge in der Strahlenklinik doch vorschlagen, sein Geiz-Zentrum etwas zu behandeln. Er meinte dann: „Nöööööööö, dann steh ich nachher an der Ecke und werfe das Geld unter die Leute!“. Verrückter Kerl.

Betrachte gerade ein Foto, das wir gemacht haben:

Darauf zeigen Nancy, Martin und seine Tante dem Krebs die Faust! Das Bild gibt so viel Hoffnung, weil er so schön auf den Beinen ist. Trügerische Hoffnung wahrscheinlich, aber erst einmal genießen wir sie. Punkt, aus, Ende. Als Mutter will mach doch hoffen dürfen oder?

Donnerstag, 12. August 2010

Scheißtag! Scheißtag! Scheißtag!

Ich bin so wütend auf das Schicksal. Wir warteten auf den Anruf von ihm, dass er in Rostock in der Strahlenklinik angekommen ist. Einen Anruf bekamen wir. Von der Intensivstation in Plau! Schwerer Rückfall. Hirnschwellung, nicht mehr ansprechbar, heftige Anfälle von Unruhe. Sie mussten ihn im Bett fixieren, damit er sich nicht selbst verletzt bzw. die Schläuche rauszieht. Unter Narkose wurde dann noch ein CT und MRT gemacht. Von den noch verbliebenen kleinen Tumoren ging die Schwellung nach Meinung der Ärzte nicht aus. Er muss einen Krampfanfall gehabt haben in der Nacht. Gott sei Dank konnte er noch selbst die Schwester rufen, weil er so wahnsinnige Kopfschmerzen hatte.

Also hieß es für uns weiterhin, am Nachmittag wieder rüberfahren. Mein Optimismus, der in den letzten Tagen für alle ansteckend war, wurde auf ein Minimum runtergefahren. Scheiße, Scheiße, Scheiße!

Bei unserem Besuch auf der ITS ging es ihm dann schon ein wenig besser. Sehr benommen, noch immer unruhig, aggressiv, launisch. Er nahm uns aber wahr und sprach auch kurz. Ich musste raus aus der Station. Ich konnte ihn da so nicht liegen sehen. Hab mir die Seele aus dem Leib gekotzt und dann ging es wieder. Die ganze Heimfahrt sprachen wir kaum ein Wort, so bedrückt war die Stimmung. Scheiße, Scheiße, Scheiße!

Freitag, 13. August 2010

Sein Zustand hat sich gegenüber dem Vortag erheblich verbessert. Er spricht flüssig, aber ist körperlich sehr geschafft. Nach wie vor auf der Intensivstation und an allen möglichen Gerätschaften angeschlossen. Vater, Tochter und Freundin fuhren zu ihm und leisteten ihm – mit Pausen – Gesellschaft. Ist für ihn alles noch sehr anstrengend. Seine Freundin, die er am Tag vorher oftmals „angeblafft" hatte, nimmt das alles noch eine Spur stärker mit. Musste gut auf sie einreden, dass seine Abwehr seinem Zustand zuzusprechen ist. Und sie nicht an seiner Liebe zweifeln darf. Es ist gegenwärtig ziemlich hart für ihn. Gerade auch dieser Rückschlag. Nun muss es Schritt für Schritt wieder aufwärts gehen. Alles noch einmal auf Anfang. Mist. Bis Montag bleibt er voraussichtlich noch auf der ITS. Wenn ich mir so vorstelle, dass er nach der OP nach einem Tag schon auf die normale Station verlegt wurde und es ihm da schon viel besser ging als jetzt, möchte mich mein Mut schon wieder verlassen. Doch diesen Gedanken darf ich gar nicht erst zulassen.

Weiterkämpfen heißt die Devise. Mist, Mist, Mist!

Wir haben aber schon zweimal mit ihm telefoniert und es klang zwar sehr niedergeschlagen, aber sein Sprachvermögen war gut.

Dienstag, 17. August 2010

Seit Tagen kämpft er nun mit einer Entzündung im Körper und die Ärzte behandeln seine leicht entzündete Narbe mit Mittelchen und Pülverchen. Antibiotika und Schmerzmittel bekommt er intravenös. Das Fieber bleibt immer auf einem Level stehen. Zwischen 38 und 38,9.

Scherzen kann er auch schon wieder. „Mama, kaum haben sie den vorne den Katheder entfernt, jagen sie dir hinten ein Dauerthermometer rein!“

Das sendet kontinuierlich die Temperatur an den Monitor.

Heute nach der Visite und nach einem erneuten CT wurde dann festgelegt, wovon schon länger die Rede ist, die Wunde noch einmal zu öffnen und von innen zu behandeln, da vermutet wird, dass dort der Infektionsherd liegen könnte.

Wieder OP, wieder Bangen. Ein Abszess hatte sich gebildet und wurde operativ entfernt. Und heute Nachmittag rief er uns schon an und fragte, wo wir bleiben. Ja, ist klar! Abgemacht war 18.00 Uhr, weil wir nicht genau wussten, wann er aufwacht. Ist ja auch gleich um die Ecke. Aber dann wurde alles hingeschmissen und auf ging `s zu unserem Patienten.

Nähere Angaben bekomme ich hoffentlich heute Abend. Und ich will nichts Negatives mehr hören. Damit das klar ist!

Fotos wollte ich gestern heimlich auf der ITS machen, was mir von meinem Mann untersagt wurde. Mist. Aber ein paar Tage wird er da wohl noch verweilen, also klappt das schon noch. Brauch ich doch für mein Tagebuch.

Freitag, 20. August 2010

Gestern hatte er wieder so hohes Fieber. Ich könnte abkotzen! Die Unterhaltung mit ihm klappte aber gut, Sprache klar und deutlich, kleine Scherze wurden gemacht. Gefuttert hat er mit großem Appetit. Aber Kopfschmerzen und immer wieder Fieber! Als wir gingen, hatte er 39.

Abends riefen wir noch einmal an. Da war das Fieber leicht gesunken. Heute Morgen steht noch einmal ein MRT an, ob alles in Ordnung ist bzw. die Wunde NOCH einmal geöffnet werden muss.

Eben erleichterter Anruf vom Sohn, (erst einmal!) alles okay, muss nicht geöffnet werden.

Bis Anfang der Woche verbleibt er aber noch auf der Intensivstation. Ist vielleicht auch besser und er unter ständiger Beobachtung.

Es geht und geht nicht recht vorwärts! Das dauert und dauert, aber nun heißt es, weiterhin Geduld haben und ihm die Zeit für die Abheilung zu geben. Die Strahlenbehandlung verzögert sich immer mehr. Es ist zum Mäusemelken!

Abends:

Besuch war ähnlich wie gestern. Fieber, um die 38. Angeblich ummantelte Wasseransammlungen im Kopf, sagte uns der Arzt, die nicht weiter gefährlich wären, aber entweder punktiert werden sollen, damit das Wasser abläuft bzw. der Körper schafft es selbst, sie zu bekämpfen. Deshalb das Fieber, weil ja die gesunden Zellen gegen diese Wasserdinger gewinnen wollen.

Völlig kraftlos ist der Junge, stellt er sein Kopfteil hoch und will essen, schlägt seine Herzrhythmus-Anzeige schon verrückt. Mit Anstrengung ist da noch nichts. Nur gut, dass er sich vorher schon so ein dickes Polster „angefressen“ hatte.

Ansonsten ist er ruhig und nicht „ungnädig“. Findet natürlich auch alles „Scheiße“, aber ist froh, dass sie ihm momentan nicht noch mal „den Schädel aufkloppen“, wie er es formuliert.

Wir lachen auch viel, das heißt, ich bin eigentlich von uns die Einzige, die Scherze mit ihm macht, was er genießt. Hoffentlich verweisen sie mich nicht bald von der Intensiv-Station. Ja, aber soll ich ihn denn schon Traueranzeigen formulieren lassen? Auch über die Prozedur beim Wasserlassen und die damit verbundene nicht immer zufriedenstellende Treffsicherheit ist ständig ein Grund, Scherze zu machen. Im Auto auf der Hinfahrt sprach ich meinen Wunsch für heute aus: „Ich wünsche mir, dass er heute keine Kopfschmerzen hat und Temperatur um die 37!“

Man wird ja bescheiden in seinen Wünschen. Aber wenigstens die Kopfschmerzen waren weg.

Waren dann zwischendurch im Bärenpark, um mal was anderes zu sehen als Schläuche, piepsende Gerätschaften und gefüllte „Enten“. Anschließend fuhren wir nochmals zu ihm, ließen ihn dann noch eine Weile mit seiner „Liebsten“ allein und ab ging es dann wieder Richtung Heimat.

Der nächste Eintrag erfolgt, wenn es was Neues zu berichten gibt.

Ich halte für einen Augenblick inne. Ein paar Tränen schleichen sich in meine Augenwinkel, trotzdem ist es nicht dieselbe Verzweiflung, nicht derselbe unerträgliche Schmerz wie sonst. Zum ersten Mal seit unserem Verlust schaffe ich es, die Erinnerungen für einen längeren Zeitraum zuzulassen. Und nicht nur das, es gelingt mir, die Erinnerungen aus Mamas Blickwinkel zu betrachten.

Ob es tatsächlich allein die Gewissheit ist, Bastian bald wiederzusehen, die mir diese Kraft gibt?

Ich schließe Mamas Datei. Für heute ist es genug. Die Erinnerungen an diese Zeit, die endlich auch wieder ein paar Lichtblicke zulassen, brauchen Ruhe, um zu gedeihen.

Sehr viel Ruhe.

*

So viele Sinne eine kreative Seele auch ausfüllen mag, Orientierung gehörte für mich nie dazu. Während ich ziellos auf den Fluren umherirre und den Haupteingang suche, scheint sich mein Herz regelrecht zu überschlagen.

„Ich bin mit Max vor dem Haupteingang.“

Bastians Worte liegen mir noch immer in den Ohren. Nur ein kurzer Anruf, der mich in Aufruhr versetzt.

Als ich die Tür zur Verbindungsstation öffne, halte ich für einen Moment den Atem an. Mit einem Schlag sind sie wieder da, die Erinnerungen und mit ihnen die Antwort auf die Frage, warum ich diesen Flur bisher gemieden habe: Martins ehemalige Station.

Umso erstaunlicher ist die Tatsache, dass mir allein der Gedanke, Bastian am anderen Ende des Gebäudes zu begegnen, die Kraft gibt weiterzugehen.

Ist es wirklich das erste Mal seit damals, dass ich diesen Flur betrete?

Ein Lächeln huscht über meine Lippen, während ich meine Schritte beschleunige.

Ja. Das erste Mal. Und das erste Mal aus einem so schönen Grund.

Und tatsächlich. Meinem nicht vorhandenen Orientierungssinn zum Trotz erreiche ich nach wenigen Minuten endlich den Haupteingang und trete durch die gläserne Schiebetür nach draußen.

Suchend schaue ich mich um, während ich den obersten Knopf meines Mantels schließe und meine Mütze über die Ohren ziehe.

In der Wendeschleife vor dem Eingang sehe ich ihn schließlich stehen, mit brauner Lederjacke und hellgrauer Mütze, neben ihm ein großer zotteliger Hund, der von weitem unbestreitbare Ähnlichkeit mit ALF hat.

„Da bin ich endlich!“, rufe ich ihm zu, während ich freudestrahlend auf ihn zukomme.

Max wedelt mit dem Schwanz und lässt sich von mir begrüßen, folgt aber schon im nächsten Augenblick der Leine seines Herrchens, als Bastian und ich uns auf dem Bürgersteig in Richtung Wohngebiet bewegen.

Wie selbstverständlich gehen wir nebeneinander her, als hätten wir dies schon Tausende Male zuvor getan. Eine Weile lang schweigen wir. Nicht weil niemandem etwas einfällt, vielmehr ist es die Tatsache, dass diese Begegnung so vertraut, so normal scheint, dass es keine erklärenden Worte braucht.

„Ich bin froh, endlich mal etwas anderes zu sehen als immer nur die Klinikwände“, sage ich schließlich.

„Ich bin auch froh, dass ich nicht mehr hier bin“, antwortet er. „Zu Hause ist es dann doch entspannter.“

„Bei deinen Wölfen.“

„Ganz genau.“ Er lächelt mir von der Seite zu.

„Er ist ja ein ganz Süßer.“ Ich fahre Max mit den Fingern durchs Fell. „Dein Ältester?“

„Nein, Mary ist noch ein bisschen älter. Anton ist der Sohn von Max und Mary.“

„Verstehe.“

Während wir uns nebeneinander von der Klinik entfernen und das angrenzende Wohngebiet ansteuern, spüre ich, wie sich meine Nervosität mit jedem Schritt weiter auflöst.

Er ist hier. Er ist wirklich hier. Und so normal seine Gegenwart auch zu sein scheint, so faszinierend ist doch die Tatsache, dass er nur wegen mir gekommen ist.

„Die Sonntage sind am schlimmsten.“ Ich starre über den Rasen zwischen zwei aschgrauen Wohnblöcken ins Leere. „Die wenigen Patienten, die am Wochenende auf der Station sind, dümpeln strickend oder lesend vor sich hin. Und irgendwie scheint der Tag ein einziges Warten auf die nächste Mahlzeit zu sein.“

„Ich weiß genau, was du meinst.“ Er sucht meinen Blick. „Auf meiner Station war es genauso. Ich war für jede Minute dankbar, die ich abzweigen konnte, um oben Sport zu machen. Nur ich und die Geräte.“

„Ich hab dich manchmal hochgehen sehen.“

„Ich weiß.“ Er grinst und für einen Moment fühle ich mich ertappt. Ob ihm klar ist, dass ich am Ende meistens wegen ihm neben dem Automaten gesessen habe?

Max schnuppert schwanzwedelnd an einem Busch am Straßenrand, als Bastian plötzlich wortlos stehenbleibt.

„Alles in Ordnung?“, frage ich irritiert.

„Na ja“, beginnt er nach einem kurzen Zögern. „Irgendwie ist das doch komisch, oder?“

„Was meinst du?“

„Na ja. Dass ich dich hier besuche. Dass wir hier spazieren gehen, obwohl ...“

„Obwohl was?“

„Obwohl du verheiratet bist.“

Ich senke den Blick, während ich nach den richtigen Worten suche.

„Weißt du, um ehrlich zu sein“, fährt er fort, bevor ich etwas sagen kann, „ist genau diese Tatsache auch der Grund, warum ich dich nicht nach deiner Nummer gefragt habe, als ich noch im Krankenhaus war.“

„Mein Mann?“

Er nickt. „Ich wollte dir nicht zu nahetreten. Ich wusste ja nicht, wie du darüber denkst, wenn ein eigentlich Fremder Kontakt zu dir sucht, aber ich fand einfach ...“

Ich hebe die Hand, was ihn unweigerlich zum Schweigen bringt.

„Du musst mir nichts erklären", unterbreche ich ihn lächelnd. „Ich weiß genau, was du meinst. Und ja, auf den ersten Blick ist es ja auch etwas seltsam. Genau deshalb habe ich dich ja auch nicht nach deiner Nummer gefragt, als du noch in der Klinik warst. Andererseits ...", ich halte für einen Moment inne, „ist es irgendwie auch das Normalste der Welt, wenn zwei Menschen, die sich voneinander verstanden fühlen, den Kontakt zueinander suchen. Oder findest du nicht?"

„Eigentlich schon. Genau deshalb habe ich mich ja auch gefreut, als du dich gemeldet hast. Ich will nur nicht, dass du wegen mir irgendwelchen Besuchern absagst, die du vielleicht stattdessen heute empfangen hättest."

„Blödsinn." Ich schaue zu Max herunter, der einen fallengelassenen Papierfetzen beschnuppert. „Dafür freue ich mich viel zu sehr, dich zu sehen. Endlich mal jemand, dem ich nicht erklären muss, warum ich so bin, wie ich bin. Endlich jemand, der weiß, warum bestimmte Dinge eben nicht einfach so in Vergessenheit geraten, nur weil ein bisschen Zeit ins Land gezogen ist."

„Ich bin froh, dass du es so siehst. Es wäre mir wirklich unangenehm, wenn du oder jemand anderes denken könnte, dass ich ... na ja, dass ich ...“

Seine Verlegenheit bringt mich unweigerlich zum Lächeln.

„Bitte mach dir darüber keine Gedanken“, beruhige ich ihn.

„Ich mache mir auch keine Gedanken. Es ist nur ... ich will, dass du weißt, dass ich einfach nur reden möchte. Mit jemandem, der mich versteht. Mit jemandem, den *ich* verstehe.“

„Und genau deshalb freue ich mich auch so, dass du da bist.“

Eine Weile lang schweigen wir, während wir langsam weitergehen.

Seine Schritte neben meinen scheinen so selbstverständlich und gleichzeitig so surreal. Ist das wirklich derselbe Mann, dem ich in den letzten Tagen eine so unangebrachte Aufmerksamkeit geschenkt habe? Eine Aufmerksamkeit, von der niemand, auch und gerade nicht er selbst, etwas ahnt?

„Nächste Woche ist es ein Jahr her“, sagt er plötzlich.

Ich weiß sofort, wovon er spricht.

„Wirst du den Tag allein verbringen?“ frage ich vorsichtig.

„Ein paar enge Freunde werden bei mir sein", antwortet er leise. „Sie werden auch mit mir zum Friedhof fahren."

„Darf ich fragen", ich stocke kurz, „wie deine Frau …"

„Herzinfarkt", antwortet er.

Ich nicke stumm.

„Aber das Schlimme ist, dass es tatsächlich Menschen in meinem Dorf gibt, die herumerzählt haben, dass sie sich umgebracht hat. Es ist echt grausam, wie manche Leute das Andenken an Verstorbene mit Füßen treten, indem sie so schwachsinnige Äußerungen von sich geben. Sie wissen gar nicht, was sie damit anrichten."

„Das kenne ich. Nur dass es bei meinem Bruder mehr um Gerüchte ging, die sich darauf bezogen, warum er nicht in unserem Dorf bestattet wurde. Er selbst hat sich gewünscht, in der Heimat seiner Freundin die letzte Ruhe zu finden, umso schäbiger finde ich, wenn sich Leute selbst über so ein heikles Thema Theorien zusammenspinnen, die absolut nichts mit der Wahrheit zu tun haben."

„Im Tratschen sind die Menschen eben ganz besonders gut." Er hält Max kürzer, als uns ein älteres Pärchen entgegenkommt. „Vielleicht, weil sich in ihrem eigenen Leben so wenig tut."

„Ich kann mich auch noch daran erinnern, wie sensationsgeil die Leute waren, als sich das Aussehen meines Bruders damals durch die Krankheit und die Medikamente so drastisch verändert hat.“ Ich versuche, mich abzuregen. „Aber besser, wir reden nicht darüber, dann werde ich bloß wieder wütend.“

„Du darfst gern wütend werden.“ Bastian grinst. „Solange du es nicht auf mich bist.“

„Warum sollte ich?“

Unsere Blicke treffen sich für einen kurzen Moment, der den Rest der Welt ausblendet. Es ist kein wirkliches Lächeln, das uns verbindet, eher ein stummes Wissen, das unsere Blicke miteinander teilen.

Oder rede ich mir wieder mal etwas ein? Sehe ich mehr, als da ist?

„Ich kann es kaum erwarten, dass ich wieder draußen bin“, fahre ich nach einer Weile fort.

„Ist es denn so schlimm da drinnen?“

„Na ja, schlimm ist das falsche Wort. Es geht mir schon sehr viel besser als bei meiner Einweisung und zu Hause hätte ich die Einstellung auf die Medikamente vermutlich nicht so gut überstanden. Trotzdem hätte ich nichts dagegen, endlich wieder in meinem eigenen Bett zu schlafen. Keine festen Uhrzeiten, kein Essen von einem Tablett.“

„Ich weiß, was du meinst. Ich genieße es auch, wieder frei zu sein, vor allem weil …“ Ein Niesen unterbricht seinen Satz.

„Oh, das klingt aber gar nicht gut.“

„Ich habe mich etwas erkältet“, erklärt er, während er ein Taschentuch aus seiner Jackentasche zieht. „Mir geht’s schon seit heute früh nicht so gut.“

„Oh, das hättest du doch aber sagen können. Dann hätten wir das Treffen eben abgesagt.“

„Nein nein, was ich verspreche, das halte ich auch. Außerdem …“, ein weiterer Nieser, „ist es so richtig schlimm erst seit heute Mittag.“

Die Tatsache, dass er trotz Erkältung gekommen ist, rührt mich.

Getragen von Geschichten gehen wir nebeneinander her. Geschichten über unsere Vergangenheit, über Verluste und Ängste. Geschichten von ihm. Geschichten von mir. Ausgesprochene. Unausgesprochene. Und doch verstehe ich alles. Jede Geste, jedes Gefühl. Fast kommt es mir so vor, als wüsste ich schon vorher, was er mir erzählen will. Er überrascht und bestätigt zugleich. Alles und gleichzeitig nichts scheint vorhersehbar in seiner Gegenwart.

„Ich hoffe nur, dass du nicht krank wirst“, sage ich, als wir zurück aufs Klinikgelände kommen.

„Ja.“ Sein Lächeln trifft mich bis ins Mark. „Das hoffe ich auch.“

*

17. März 2013, 17.10 Uhr

Nancy Salchow:

Hallo Bastian,

eigentlich wollte ich dich nach meiner letzten langen Facebook-Nachricht nicht schon wieder mit so einer langen Nachricht zumüllen - ich weiß ja, Männer fassen sich da lieber kurz. Aber mir fällt es irgendwie immer schwer, das Kurzfassen. Und ich wollte noch etwas zu dem schlimmen Tag loswerden, der dir nächste Woche bevorsteht.

Was ich vorher noch sagen wollte: Ich hatte heute irgendwie den Eindruck, als hätte ich nur herumgejammert und den Kontakt zu dir auch nur gesucht, um rumjammern zu können. So ist es nicht, ich hatte mich eigentlich bei dir gemeldet, weil ich den Eindruck hatte, dass wir beide irgendwo doch ähnlich ticken und es schade fand, dass wir uns aus den Augen verlieren. Denn auch wenn es heute nicht so schien, eigentlich bin ich sehr optimistisch und nicht so ein

Jammerlappen. Was ich allerdings gerade umso glücklicher feststelle: Nach unserem Spaziergang heute habe ich mich wieder so richtig schön normal gefühlt, als wäre ich gar nicht krank. Dieses Gefühl gefällt mir. Und das habe ich wohl dir (und vielleicht auch Max ;-)) zu verdanken. Also: DANKE!

Was ich noch zu dem schweren Tag (24. März) sagen wollte, der dir bevorsteht: Der Todestag meines Bruders, der mir auch sehr nahe stand, ist am 21. Januar 2012. Als sich dieser Tag dieses Jahr zum ersten Mal jährte, waren wir auch essen und vorher auf dem Friedhof, aber ich habe auch gemerkt, dass der Tag eigentlich in Gesellschaft doch noch ein erträglicher Tag war. So wird es vielleicht auch bei dir sein.

Ich trage die Erinnerung an Martin immer bei mir und werde manchmal davon gepackt, wenn ich es am wenigsten erwarte. Dann tut es oft noch sehr weh. Aber gerade dieser besondere Tag, der dir jetzt bevorsteht, also der Todestag deiner Frau, kann vielleicht auch ein guter Anlass für dich sein, stolz auf das zu sein, was du alles erreicht hast. Du hast trotz allem die Stärke besessen, zu deinen Gefühlen zu stehen, warst sogar in der Lage, die Ärzte davon zu überzeugen, dass du kein Alkoholiker bist, sondern eben ein Depressionsproblem hast. Ich glaube, das erfordert sehr viel Stärke! Und Schwächen zuzugeben, ist im Grunde eine Stärke - absolut! Und du bist bei diesem Eingeständnis und der Fähigkeit, über deine Gefühle zu reden, sicher auch dir selbst sehr viel näher gekommen. All das solltest du dir vor Augen halten, wenn es dir an diesem Tag nicht so gut gehen sollte. Du bist ein starker Mann, eben WEIL du auch dazu stehst, mal schwach zu sein. Das finde ich beeindruckend. Aber das weißt du sicher auch selbst. Ich wünsch dir alles Gute für diesen Tag, aber drücke dir auch die Daumen, dass du es schaffst, selbst an diesem Tag ein klein wenig Freude zu empfinden. Für all das, was du trotz deines Verlustes erreicht hast - und dass du nun auch mit deiner Ärztin, deinem Verein und deinem Chef alles klären konntest. Dass du eben in dir selbst Ruhe finden konntest und dir keinen Kopf über die Meinung anderer machen musst.

So, das wollte ich noch mal loswerden. Falls dir etwas auf der Seele brennt oder du nicht allein sein willst, klingele einfach an und solltest du am 24. doch allein sein, z.B. abends, ich hab auch ein offenes Ohr, so wie du eines für mich hattest, egal ob ich nun hier bin oder schon wieder zu Hause.

Danke für deinen Besuch und deine Zeit heute. Ich fühle mich seitdem viel besser.

Viele Grüße

Nancy

18. März 2013, 10.40 Uhr

Bastian Engermann:

das reden mit dir tat mir auch sehr gut und keine angst du heulst dich nicht bei mir aus denn wenn es dir guttut dann hilfst du mir auch also immer reden ok und ich melde mich versprochen nur meine grippe wird etwas schlimmer

Männer! Man schreibt sich die Seele aus dem Leib, offenbart jeden noch so abstrusen Gedanken und was bekommt man? Eine Antwort in der Länge eines Einkaufszettels.

Die Gedanken an seine unverschämt kurze Nachricht belagern meinen müden Kopf, während ich einen riesigen Gummiball zwischen meinen gespreizten Beinen in die Luft halte.

„So, und jetzt den Ball gaaaaanz langsam wieder zu Boden lassen." Die Therapeutin steht mit vor der Brust verschränkten Armen neben der Tür und betrachtet die hechelnden Patienten auf den Sportmatten vor sich. „Prima. Und jetzt – Ausatmen und entspannen."

Entspannen. Aber sicher doch. Nichts könnte entspannender sein als der aussichtslose Kampf mit einem überdimensionalen Gummiball.

Was ist nur los mit ihm? Habe ich mich so in der Intensität unseres Gesprächs getäuscht? Habe ich seine Offenheit falsch gedeutet und bin mit meinen Worten über den Todestag seiner Frau womöglich zu weit gegangen? Aber er selbst war es doch, der davon angefangen hat.

Oder?

„Alle entspannt? Super. Dann geht es jetzt weiter mit der nächsten Übung. Winkeln Sie Ihre Beine an – ja, genau so - und legen Sie sie auf den Ball. Schauen Sie, wie Teresa es macht."

Es ist nichts geschehen. Gar nichts. Wir haben nur geredet. Wie Freunde. Also gibt es weder einen Grund, enttäuscht zu sein, noch den Anlass für ein schlechtes Gewissen. Es ist, wie es ist.

„Und jetzt für mindestens eine Minute in dieser Position verharren."

In dieser Position verharren. Sicher. Wenn dieser Gedanke nur für alle Lebenslagen umsetzbar wäre. So leicht. So bedingungslos. Stattdessen erwische ich mich immer wieder bei der Frage, welche Position genau eigentlich meine ist. Was erhoffe ich mir von dem

Kontakt zu Bastian? Und warum beschäftigt er mich derart beständig? Immer wieder. Immer noch.

David. Sollte es mich beruhigen oder enttäuschen, dass er die Veränderung meines Verhaltens noch immer nicht bemerkt hat?

Die Wahrheit ist vermutlich, dass er sich das Recht auf meine Enttäuschung verspielt hat. Enttäuschungen verblassen, wenn die Erwartungen verschwinden. Aber warum? Er hat es doch niemals böse gemeint, wenn er mich und meinen Zustand ignorierte. Vermutlich wusste er sich nur einfach nicht anders zu helfen.

Ist es nicht eher so, dass er so ist, wie er immer war und ich erst jetzt merke, dass ich ein Problem damit habe? Weil ich schwach bin? Weil ich mich nach Verständnis sehne?

Nein. Genug gegrübelt. Genug gezweifelt. Zumindest für diesen Moment.

„So. Und jetzt schieben Sie den Ball zur Seite und entspannen Sie Ihre Beine." Sie betrachtet uns wie eine Lehrerin ihre Erstklässler. „Das machen Sie toll. Ganz toll!"

*

Statusmeldung, 18. März 2013

Danke all denen, die mir mit ihren Nachrichten und einfach mit ihrem Dasein gerade ein bisschen Normalität zurückgeben. Ich nehme mir zwar gerade Abstand von vielem, aber ich merke auch, dass eure Nachrichten auf Facebook oder auch der Kontakt auf anderem Wege, zwischendurch wichtig für mich sind, damit die Welt da draußen nicht in Vergessenheit gerät. Danke für eure Nachrichten, auch wenn ich gerade nicht auf alle antworte.

*

Statusmeldung, 20. März 2013

Liebe Freunde, auch heute früh wage ich einen Blick in die echte Welt und möchte euch von einem kleinen Erfolg berichten: In der Therapiegruppe hier in der Klinik werden wir zum Anfang jeder Woche gebeten, uns ein Wochenziel zu setzen und meines war, wenigstens ein bisschen an meinem Manuskript zu arbeiten. Natürlich will und werde ich mein altes tägliches Seiten-Pensum auch in Zukunft nicht erreichen, aber ich habe es tatsächlich geschafft, gestern drei Seiten zu schreiben. Ein kleiner und doch für mich so großer Erfolg. Zu viel Arbeit tut nicht gut, das weiß ich ja inzwischen, aber wenn ich gar nicht schreibe, fehlt mir ein wichtiger Bestandteil meines Lebens - und den habe ich mir gestern zumindest zeitweise zurückgeholt. Große Erleichterung.

Kapitel 12 – Schicksal

6. April 2013

Lieber Hauke,

es tut mir so leid, dass ich mich erst jetzt wieder bei dir melde. Unsere Freundschaft ist mir nach wie vor unheimlich wichtig und ich vermisse unsere Telefonate und Mails sehr. Aber seit unserem letzten Telefonat, das wir geführt haben, als ich noch in der Klinik war, hatte ich einfach keine Minute den Kopf frei, um dir zu schreiben. Denn eines wusste ich: WENN ich dir schreibe, will ich dir auch ALLES schreiben. Sicher hast du dich gefragt, was es in Sachen Bastian Neues gibt, aber die Wahrheit ist, dass diese Frage gar nicht so leicht zu beantworten ist.

Ach, Hauke, es hat sich einfach so unendlich viel getan, dass ich gar nicht gewusst hätte, wo ich anfangen soll. Im Grunde weiß ich immer noch nicht, wo ich anfangen soll, alles, was ich weiß, ist, dass ich unbedingt jemanden zum Reden brauche. Ich habe versucht, dich anzurufen, aber es ging nur deine Mailbox ran. Aber wer weiß, vielleicht ist es besser, wenn ich dir schreibe. Worte lassen sich leichter finden und sortieren, wenn ich sie schweigend verfasse.

Um auf den Anfang meiner Mail zurückzukommen: Ja, ich bin wieder zu Hause. Seit gut einer Woche. Inzwischen kommt es mir jedoch so vor, als wären seit meiner Rückkehr Monate vergangen. So viel ist passiert und so vieles wird noch passieren. Und wenn ich ehrlich bin, habe ich vor den Dingen, die passieren werden, mehr Angst als vor denen, die schon passiert sind.

Ich rede wirres Zeug, ich weiß und schon jetzt entschuldige ich mich dafür, dass ich in dieser Mail nur von mir erzähle, dabei würde ich natürlich auch ebenso gern wissen, was es bei dir Neues gibt (und ich hoffe, du hältst mich, was das angeht, auch nach wie vor auf dem Laufenden). Aber wenn du meine Zeilen gelesen hast, wirst du wissen, warum es mir im Moment so schwer fällt, von anderen Dingen zu reden, geschweige denn überhaupt an etwas anderes zu denken.

Am besten ich fange ganz von vorne an.

Du erinnerst dich sicher an unser letztes Telefonat und den Mann, von dem ich dir erzählt habe. Bastian. Zu dem Zeitpunkt war ich noch unglücklich darüber, dass er entlassen worden war. Umso euphorischer war ich, als ich ihn schon kurz darauf wiederfand: Im Internet. Seinen Namen hatte ich über Patienten seiner Station herausgefunden und dann einfach alle meine

Zweifel über Bord geworfen, um mich bei ihm zu melden. Und siehe da, er hat sich gefreut. So sehr sogar, dass er mich gleich zwei Tage später mit einem seiner Hunde im Krankenhaus besuchte. Das war dann natürlich das Größte für mich und ich war aufgeregt wie ein kleines Kind.

Du kennst mich viel zu gut, Hauke, um nicht zu durchschauen, wie wichtig mir der Kontakt zu ihm schon zu dem Zeitpunkt war. Und ja, ich weiß, vielleicht ist es unangebracht. Aber seitdem ich ihn kenne, merke ich einfach, dass sich mein Zustand von Tag zu Tag, ja sogar stündlich, gebessert hat. Ich kann es nicht beschreiben und ich weiß auch nicht, ob sich die Dinge so leicht erklären lassen, wie ich es gern hätte. Vielleicht ist das der Grund, warum ich es erst gar nicht versuche. Es ist eben, wie es ist. Und ich bin unheimlich dankbar dafür, dass ich diese Dinge – egal, ob ich sie begründen kann oder nicht – mit dir teilen darf. So, wie ich es immer konnte, wann immer mich etwas beschäftigte. Nur diesmal, Hauke, diesmal ist es irgendwie anders. Alles ist anders.

Aber ich überhole mich schon wieder selbst. Eins nach dem anderen.

Wo war ich? Ja genau, der Besuch in der Klinik.

Als Bastian an dem Nachmittag wieder nach Hause fuhr (es ging ihm im Übrigen nicht sehr gut, eine Grippe bahnte sich an), war ich anfangs etwas demotiviert. Ich hatte mich unglaublich über seinen Besuch gefreut, aber als ich ihm abends nochmal schrieb (und das mit nicht gerade wenigen Worten, du kennst mich ja ;-)), meldete er sich erst am nächsten Morgen und auch nur mit zwei kurzen Zeilen. Dementsprechend enttäuscht war ich. Er schrieb mir zwar, dass es ihm nicht so gut ginge, weil eine Grippe im Anmarsch war, aber du kennst mich ja – ich neige dazu, alles immer gleich persönlich zu nehmen, erst recht, wenn es um einen Kontakt geht, der mir binnen kürzester Zeit so wichtig geworden ist. Also nahm ich natürlich an, dass die Grippe nur ein Vorwand war, um möglichst bequem von der Frau wegzukommen, die sich erst als sympathisch, aber dann doch als zu anstrengend herausstellte. Anstrengend einfach deshalb, weil ich bei unserem Treffen ziemlich viel geredet habe.

Schon zu dem Zeitpunkt hätte es mich stutzig machen müssen, dass ein eigentlich Fremder solch ein Gewicht bei der Frage hat, welcher Laune ich mich hingebe. Himmelhochjauchzend oder zu Tode betrübt, alles hing davon ab, ob er sich meldete oder nicht.

Ich nahm mir fest vor, darauf zu warten, dass er (wie versprochen) anruft oder schreibt und mich auf keinen Fall, unter gar keinen Umständen und sowieso absolut NIEMALS vorher zu melden. Und dann? Dann hielt ich es nicht aus und schrieb ihm unter einem Vorwand doch. Und es stimmte wirklich, er war krank, zumindest gab es keinen Grund für mich anzunehmen, dass er mich belog, denn dass er das Chatten mit mir genoss, während er mit dem Laptop im Bett lag, war offensichtlich.

Und plötzlich war ich selig. Wir schrieben uns zwischen meinen Therapien, über unsere Krankheit, unsere Erfahrungen mit Mitmenschen, die Depressionen nicht verstehen können oder wollen und manchmal auch einfach über herrlich sinnbefreite Belanglosigkeiten. So vertrieb er sich die Zeit im Bett, das er wegen seiner Grippe hüten musste und ich, ich hatte etwas, auf das ich mich umso mehr freuen konnte, wenn ich wieder mal in unmenschlichen Verrenkungen in der Bewegungstherapie gefangen war oder zwischen wortkargen Mitinsassen in der Depressionsrunde saß. Es gab genau einen Stuhl in meinem Zimmer, von dem aus ich ein halbwegs brauchbares Netz für mein Handy bzw. eine Internetverbindung hatte, um mit Bastian zu schreiben – und genau auf diesem Platz saß ich, wann immer er sich meldete.

Aber ich hatte auch Angst. Angst davor, was passiert, sobald er wieder gesund ist, seinen Job antritt und weniger bis gar keine Zeit mehr haben würde. Er hatte in so kurzer Zeit einen solch hohen Stellenwert in meinem Leben eingenommen, dass ich mir gar nicht mehr vorstellen konnte, wie es ohne ihn sein würde. Er versicherte mir zwar, dass unser Kontakt auch bestehen bleiben würde, sobald er wieder arbeiten geht, aber da das Ganze für ihn ja nur eine ganz normale Freundschaft war, bestand für ihn natürlich auch nicht so ein Drang, dieses Versprechen tatsächlich auch einzuhalten. Das war zumindest mein Gedanke. Und bei diesem Satz hast du mich auch schon, Hauke, nicht wahr?

Ja, dir ist natürlich längst klar, dass es für mich eben schon zu dem Zeitpunkt mehr als nur eine ganz normale Freundschaft war ...

Du weißt, dass David und ich schon lange nicht mehr auf einer Wellenlänge sind, dass ich enttäuscht von so vielem bin, das in den letzten Monaten passiert ist, aber trotz allem fühle ich mich für ihn verantwortlich. Ich meine, schließlich sind wir seit vierzehn Jahren zusammen und seit fast fünf Jahren verheiratet. Das ist nichts, was man einfach so wegwischt. Aber die Wahrheit ist, dass ich ihm so oft gesagt habe, wie es in mir aussieht, auch unter Tränen, und nichts davon jemals wirklich bei ihm ankam. Ich möchte dieses Wissen verdrängen und doch holt es mich immer wieder ein. Vielleicht war ich ihm einfach zu anstrengend, mag sein, aber kann das immer die Entschuldigung für alles sein? Ich würde ihn nie betrügen, das war mir immer klar. Und im Grunde spielt es auch kein Rolle, denn zwischen Bastian und mir ist ja nichts, nur eben ... aber eins nach dem anderen. Ich will nicht schon wieder vorgreifen.

Wo war ich?

Ach ja, meine Angst vor dem Abbruch unseres Kontaktes, denn neben den normalen Nachrichten telefonierten wir auch hin und wieder. Vordergründig waren es Fragen zu Situationen in der Therapie, die ich mit ihm auswerten wollte – und im Prinzip stimmte das auch. Die Wahrheit war aber, dass es mir vor allem darum ging, seine Stimme zu hören, seine Meinung zu erfahren, einfach zu wissen, wie es ihm geht. Zu dem Zeitpunkt hatte ich schon längst verdrängt, dass er ganze 18 Jahre älter als ich ist. Er ist einfach nicht wie andere in seinem Alter, im Gegenteil, sogar sehr viel jünger in der Art und Weise, wie er das Leben lebt, gleichzeitig aber auch mit einer solch emotionalen Intelligenz ausgestattet (da ist er wieder, unser Lieblingsbegriff ;-)), die mich von Anfang an beeindruckt hat.

Umso glücklicher war ich, als er mit anbot, gemeinsam mit mir Joggen zu gehen, nachdem ich ihm erzählt hatte, dass ich unbedingt etwas abnehmen wollte, mich vor allem aber (wegen der Krankheit) viel mehr an der frischen Luft bewegen wollte. Bastian ist Trainer einer Fußballmannschaft und kennt sich damit aus, andere zu motivieren. Außerdem ist er im Gegensatz zu mir unheimlich sportlich. Da passte es ganz gut, dass ich ohnehin auf den Rat der Ärzte hören und mehr für meine Gesundheit tun wollte.

Das mit dem Joggen wollten wir dann dauerhaft anpacken, ich erzählte sogar David davon. Anfangs fand er das Ganze zwar schon seltsam, aber er glaubte mir auch, dass er sich keine Sorgen machen muss. Ich meine, ich wusste ja auch von Anfang an, dass ich David nicht mit Bastian betrügen würde. Mir war zwar klar, dass ich mich instinktiv darum bemühte, in Bastians Nähe zu sein bzw. Kontakt mit ihm zu haben, gleichzeitig wusste ich aber auch, dass ich es einfach auch deshalb tat, weil es MIR guttat. Weil es sich richtig anfühlte. In jeder Hinsicht. Und weil ich davon überzeugt war, dass es für David keinen Grund zur Sorge gab. Und wer weiß, vielleicht stimmt das sogar immer noch. Ich weiß es nicht.

Ach, Hauke, es ist alles so kompliziert. Wahrscheinlich sitzt du gerade kopfschüttelnd über meinen Zeilen und fragst dich, was genau ich dir eigentlich mit all diesen konfusen Andeutungen sagen will. Die Wahrheit ist, dass ich es vermutlich selbst nicht weiß. Ich will einfach nur reden, das ist alles. Oder in diesem Fall: schreiben. Kaum jemand kennt mich so gut wie du. Kaum jemand weiß so gut wie du, wie sehr ich mich schon immer nach einem Menschen an meiner Seite gesehnt habe, der mich versteht. Jemand, der genauso tickt wie ich. Und gerade weil du es weißt, ohne dass ich es je ausgesprochen habe, weiß ich, dass du ein wirklicher Freund bist, Hauke. Und nach wie vor hoffe ich sehr, dass du irgendwann die Frau finden wirst, die deiner endlich würdig ist.

Verstehst du, was ich meine? Genau hier liegt auch einer der tragenden Unterschiede. Du und ich, wir kennen uns mittlerweile seit sechs Jahren? Oder sieben? Wir konnten uns immer alles erzählen, du weißt teilweise Dinge über mich, die ich David nie anvertrauen konnte, ganz einfach, weil ich wusste, dass er sie nicht verstanden hätte. Trotzdem kam mir nie auch nur ansatzweise der Gedanke, mich in dich zu verlieben. Und dir geht es mit mir sicher genauso. Aber bei Bastian, bei Bastian ist alles anders. Manchmal glaube ich, dass es einfach Schicksal war, dass wir uns begegnet sind. All die Dinge, die passiert sind, als ich schon mit ihm abgeschlossen hatte. Unsere

Wege haben sich einfach immer wieder gekreuzt, nicht nur in der Klinik, sondern auch, als ich dann am 28. März endlich entlassen wurde.

Bastian war zu dem Zeitpunkt immer noch krank und wir schrieben uns täglich. Es verging kein Tag, an dem wir nicht voneinander hörten. Und was passierte, als ich nur ein einziges Mal mit meinem Vater einkaufen war? Da lief ich ihm vor dem Bäcker unseres Supermarktes über den Weg. Verrückt, oder? Ich wusste ja, dass wir nur zehn Minuten auseinander wohnen, aber dass wir dann auch noch zur selben Zeit am selben Ort sind?

Auch das war Schicksal für mich, zumal ich da sehen konnte, dass er wirklich noch immer krank war und sich nur für ein frisches Brot aufgerafft hatte. Am liebsten hätte ich ihn einfach in den Arm genommen und getröstet.

Aber im Grunde sind all diese Anekdoten nur die Einleitung zu meinem eigentlichen Problem. Ein Problem, das bisher zwar nur in meinem Kopf besteht, aber so real ist, dass ich das Gefühl habe, es anfassen zu können. Ein Problem, das mich heute mit voller Wucht in Beschlag genommen hat.

Heute früh haben wir wie schon viele Male zuvor gechattet. Er sprach von seinen Hunden und ich von irgendetwas Belanglosem, das ich inzwischen wieder vergessen habe. Und plötzlich, ohne jede Vorankündigung, fragte er mich, ob ich nicht Lust hätte, ihn dieses Mal beim Spaziergang mit seinen Hunden zu begleiten. Er weiß, wie sehr ich Hunde liebe und wie sehr ich mich auch darauf freue, wenn uns seine drei Wölfe begleiten, sobald wir erst mit dem Joggen anfangen. Aber dass ich sie schon vorher kennenlernen würde, damit hatte ich nun gar nicht gerechnet.

Natürlich sagte ich sofort zu und nahm seine Einladung dankbar an. Um eins vor dem Wohnhaus, in dem er wohnt.

Dazu muss ich sagen, dass ein weiterer Grund für seine Depression, abgesehen vom Tod seiner Frau, die Zwangsversteigerung seines Hauses war, die in derselben Woche stattfand, in der er auch seine Frau starb. Seitdem lebt er in einer Wohnung, während seine Hunde ihr Quartier in seinem Garten haben, in dem er ihnen ein tolles Häuschen mit Zwinger gebaut hat.

Wo war ich stehengeblieben?

Ach ja, um eins. Treffpunkt.

Ich kam bewusst ein paar Minuten zu spät, damit er nicht durchschaut, wie sehr ich auf das Treffen hin gefiebert habe. Albern, ich weiß. Als er dann da stand und mich begrüßte, spürte ich gleich, dass etwas anders war als bei unserer letzten Begegnung. Ich war aufgeregt wie ein Schulmädchen vor ihrem ersten Date. Als wir dann gemeinsam zu den Hunden runtergingen, um sie anzuleinen, wuchs meine Anspannung ins Unermessliche.

Mary, Max und Anton freuten sich natürlich unheimlich auf den Spaziergang, wie immer, nur dass dieses Mal zum ersten Mal ich mit dabei war.

Ich bekam Mary, Bastian nahm Max und Anton. Gemeinsam gingen wir dann durchs Dorf zum Feldweg herunter. Ein wunderschöner Pfad, den man, wenn man das Dorf normal mit dem Auto durchquert, gar nicht sieht. Von Anfang an war ich von der Schönheit der Natur beeindruckt. Die weiten Felder, das satte Grün, die herrliche Luft. Und dann natürlich die drei Wölfe und Bastian. Für eine Weile fühlte ich mich wie im Paradies.

Wir redeten wie sonst auch, nur dass wir uns diesmal irgendwie viel näher waren. Ich weiß auch nicht, warum oder wie ich es beschreiben soll. Es war vielleicht auch einfach nur ein Gefühl. Aber ist im Leben nicht alles in der Wurzel nur ein Gefühl? Entsteht nicht irgendwie jedes Leben, jede neue Idee, jeder Abschnitt aus einem Gefühl? Ein Gefühl, das irgendwann eine konkrete Idee wird, die darauf wartet, umgesetzt zu werden?

Ich konnte es mir während meines Spaziergangs nicht verkneifen, immer mal wieder so Andeutungen loszuwerden wie „Hier ist es toll, ich bleib am besten gleich hier!“, aber Bastian verstand diese Kommentare Gott sei Dank nicht so, wie sie in dem Moment gemeint waren. Denn natürlich hatte ich nicht vor, mein ganzes Leben über den Haufen zu werfen, nur weil mich ein Spaziergang in der Natur begeistert.

Aber die Wahrheit ist, dass es so viel mehr ist. Von Anfang an war es so viel mehr. Ich glaube, sogar schon in dem Moment, als ich Bastian das erste Mal in der Depressionsrunde gesehen habe. Ich wusste es. Und am liebsten würde ich ihn durchschütteln und anbrüllen: „Ich habe von Anfang an gewusst, dass du es bist!“

Weißt du, Hauke, ich kann das gar nicht beschreiben, obwohl ich mir so sehr wünsche, dass ich es in Worte fassen könnte, dass ich dich auch nur ansatzweise daran teilhaben lassen kann. Dich – und am liebsten die ganze Welt. Wann immer wir miteinander reden, Bastian und ich, habe ich das Gefühl, als würden wir dieselben Gedanken teilen, als wäre jeder unserer Atemzüge dazu bestimmt, den des anderen einzuleiten.

Es ist so verrückt. Und doch ist es so normal. So selbstverständlich. In seiner Gegenwart scheint alles richtig. ICH scheine richtig. Verstehst du, was ich meine?

Das ist wie … wie Schicksal. Und manchmal braucht es vielleicht nur einen Blick, um das Schicksal zu sehen, nur ein Wort, um es zu verstehen – und nur ein Herz, um ihm zu folgen.

Verstehst du? Ich wusste es. Ich wusste es einfach. Als wenn es vorherbestimmt wäre. Wie die Suche nach dem Sinn des Lebens, die zwei Menschen auf wundersame Weise zueinander führt. Ein Weg, der schwer ist und doch nicht klarer sein könnte.

Und immer wieder ertappe ich mich bei der Frage, ob ich all diese schrecklichen Dinge mit dem Tod von Martin und meiner Mutter nur deshalb durchmachen musste, um am anderen Ende dieses Weges Bastian kennenzulernen. Und vielleicht ist die Antwort auf diese Frage dieselbe Antwort, die Bastian zusteht – für all das, was er hat durchmachen müssen.

Sicher würde ich alles dafür tun, um diese schrecklichen Dinge, die in meinem Leben passiert sind, rückgängig zu machen, um Martin und meine Mutter wieder an meiner Seite zu wissen. Aber jetzt, da diese Tragödien geschehen sind und sich wie Narben in meine Seele gebrannt haben, ist es da so verwerflich, sich zu fragen, ob dies eine Art Belohnung ist? Die Begegnung mit Bastian? Oder ist es doch wieder nur eine Probe?

Nein. Ich spüre, dass es jemand gut mit mir meint. Dass es jemand gut mit UNS meint. Wir spielen eine so tragende Rolle im Leben des jeweils anderen, die sich unter so viel unscheinbarer Normalität versteckt, dass sie umso tragender erscheint.

Oh, Hauke, ich rede schon wieder wie ein Eso-Freak, oder? Aber ich weiß, dass du mir so ein Gerede nicht übelnimmst. Genauso wenig wie die Tatsache, dass ich schon wieder abgeschweift bin. Denn im Grunde bin ich nach wie vor beim Thema. Dieser Nachmittag lässt sich einfach nicht in Worte fassen. Alles scheint so vertraut, so bedingungslos zwischen uns zu sein.

Die Frage, ob es ihm genauso geht, stelle ich mir inzwischen gar nicht mehr. Vielleicht müsste ich es, denn im Grunde hat er nichts getan, um meine Hoffnungen zu schüren. Er ist niemand, der mich anbaggern würde oder ähnliches, immerhin weiß er, dass ich verheiratet bin. Augenscheinlich sind wir einfach nur zwei Menschen mit derselben Diagnose, die die gemeinsame Zeit nutzen, um sich gegenseitig zu helfen. Aber zwischen den Zeilen steht so viel mehr.

Ich fand es auch unheimlich süß von ihm, dass er mich auf unserem Spaziergang durch die etwas feuchten Wege immer wieder an die Hand nahm, um mich auf die trockene Seite zu ziehen. Ständig war er besorgt, dass ich ausrutsche oder hinfalle.

Als wir irgendwann zurückkamen und ich schon bedauerte, wieder nach Hause fahren zu müssen, lud er mich tatsächlich noch auf einen Kaffee in seine Wohnung ein. Ein ganz scheußlicher Kaffee, türkisch, also aufgebrüht. Aber unkompliziert, wie ich wirken wollte, trank ich ihn natürlich mit einem Lächeln.

Als wir dann nebeneinander auf dem Sofa saßen und uns unterhielten, spüre ich diese Magie zwischen uns immer deutlicher. Ich kann dieses Gefühl nicht wirklich fassen oder beschreiben, ich weiß nur, dass es da war – und dass es von Minute zu Minute stärker wird. Selbst jetzt noch, wo ich längst zu Hause bin.

Und genau das ist auch die Frage, die mich unentwegt beschäftigt. Was genau bedeutet Zuhause noch? Warum fühle ich mich so fehl am Platz an jedem Ort, an dem er nicht ist?

Ich fühle mich schuldig, allein wegen meiner Gefühle ihm gegenüber, sobald ich an David denke oder wir einfach nur im selben Raum sind. Aber trotz allem weiß ich auch, dass das keine absurde Idee ist oder eine Phase, die irgendeiner Unzurechnungsfähigkeit zuzuschreiben ist. Ich merke einfach, dass das alles sehr viel tiefer geht.

Ich bin niemand, der einfach so einen geliebten Menschen hintergeht, deshalb war für mich immer klar, dass ich David niemals betrügen würde. Aber jetzt bin ich mittlerweile so weit, dass ich mich frage, ob man von Betrug sprechen kann, wenn ich mein Leben gar nicht mehr mit David plane, sondern mich an Bastians Seite sehe?

Es tut mir so leid. So unendlich leid, diese Zeilen überhaupt geschrieben zu haben, und du bist der Erste, der sie liest. Aber es ist nun mal so, dass sie der Wahrheit entsprechen. Von dem Moment an, in dem ich Bastian in mein Leben gelassen habe, hat er einen Stellenwert angenommen, der mich durch all meine vorher so blassen Tage zu tragen scheint. Durch ihn bekommt alles plötzlich so viel Farbe. Das Verrückte dabei ist, dass allein die Gewissheit genügt, dass er existiert, dieser eine besondere Mensch. Allein diese Gewissheit ist es, die all die neuen Farben entstehen lässt. Ich muss nicht einmal bei ihm sein, ich muss nicht meinen Tag nach Bastian ausrichten – nein, ich bin nach wie vor ich, oder vielleicht sogar: mehr als jemals zuvor ICH. Aber die Gewissheit, dass es IHN gibt, lässt mich so stark werden und mit so viel Mut auf alle Dinge zugehen. Zu wissen, dass er für mich da ist wie ein Fels in der Brandung lässt mich plötzlich

Möglichkeiten in Betracht ziehen, die vorher undenkbar gewesen wären.

Ich habe einfach das Gefühl, dass Bastian und ich uns trotz vieler Gegensätze nicht ähnlicher sein könnten. Wir sind anders als die anderen. Wir passen uns nicht an und wir hören nicht auf das, was andere sagen. Wir hören nur auf uns und unsere Herzen. Bei allem, was wir tun.

Ich weiß, dass ich es nicht zurücknehmen kann, wenn ich es erst einmal ausgesprochen habe, aber ja: ich liebe ihn. Ich habe ihn vom ersten Moment an geliebt. Plötzlich ist alles so klar. So so klar.

Und gerade deshalb auch so so schwierig.

Was soll ich nur tun? Ich kann es ihm doch nicht einfach so sagen, oder? Andererseits war ich vorhin auf der Rückfahrt so durch den Wind, dass ich einen riesigen Umweg über die Stadt gemacht habe, nur um meine Gedanken zu sortieren. Und mit jedem Kilometer, den mein Tacho zurücklegte, wurde ich ruhiger. Weil ich einfach wusste, dass es nichts gibt, wovor ich Angst haben muss, wenn ich mich auf das Schicksal verlasse. Und es ist einfach Schicksal. Verstehst du? Während dieser Fahrt wurde mir klar, dass ich nichts befürchten muss, wenn ich einfach nur dem folge, was mein Herz mir sagt, weil eben nur das das Richtige sein kann.

Aber jetzt, wo ich wieder zu Hause bin, in meinen vier Wänden und David draußen in der Garage herumwerkelt, fühle ich mich so unendlich schuldig. Ich zittere am ganzen Leib und weiß einfach nicht, was ich tun soll. Ich weiß, dass ich es niemals übers Herz bringen werde, ihn zu verlassen. Ebenso gut weiß ich aber auch, dass ich ihn nicht hintergehen kann. Niemals könnte ich das mit meinem Gewissen vereinbaren. Immerhin ist es doch auch sein Leben, das sich durch eine Entscheidung wie meine verändern würde.

Ich weiß, es ist verrückt, sich überhaupt diese Gedanken zu machen, bevor ich überhaupt weiß, ob Bastian ebenso fühlt wie ich, aber irgendetwas sagt mir, dass es ihm genauso geht. Vielleicht weiß er es noch gar nicht? Vielleicht verdrängt er es aber auch einfach nur geschickter als ich?

Oh, Hauke, so dringend, wie ich es gebraucht habe, dir diese Zeilen zu schreiben, so sehr schäme ich mich jetzt auch für sie. Was musst du nur von mir denken? Vermutlich hältst du mich sogar für eine vom Alltag gelangweilte Ehefrau, die sich nach etwas Abwechslung sehnt.

Nein. Ich weiß, dass du das nicht tust. Dafür kennst du mich einfach zu gut. Und dafür teilst du meinen Glauben an das Schicksal schon zu lange.

Schicksal. Immer wieder nehme ich dieses Wort in den Mund. Besonders geerdete Menschen würden jetzt sicher behaupten, dass das nur ein Wort ist, das man benutzt, wenn man zu feige ist, die eigene Fehlbarkeit beim Namen zu nennen. Aber weißt du was? Es ist mir inzwischen egal, wie wir es nennen oder wie es dazu gekommen ist. Ich weiß nur, dass es so ist. Und dass ich das, was in mir schreit, nicht mehr unterdrücken will. Es muss raus. Jedes Wort. Jedes Gefühl. Jeder Gedanke. Nur wie ich die Kraft dafür finden soll, das weiß ich nicht.

Weißt du, woran ich auch denken muss, wenn ich mir vorstelle, was Bastian durchgemacht hat und was ich durchgemacht habe, auch in Anbetracht der Tatsache, dass der Tod seiner Frau ziemlich genau ein Jahr her ist? Mir fällt seltsamerweise immer wieder der Klappentext zu „Das Glück im Augenwinkel“, meinem eigenen Buch, ein. Verrückt, oder? Irgendwie erinnert es mich an ihn. An uns.

„Fast ein Jahr nach dem Tod seiner Frau Emma kehrt Simon in das gemeinsame Haus zurück, um sich endlich wieder dem Leben zu stellen. Nachdem er bei seiner Schwester und deren Familie neue Kraft gesammelt hat, macht ihm die Konfrontation mit einem Haus voller Erinnerungen nur allzu schmerzhaft seinen Verlust bewusst. Als ihm zufällig

das letzte Buch, das Emma vor ihrem Tod gelesen hat, in die Hände fällt, macht er eine seltsame Entdeckung. Eine fremde Frau scheint über eine ganz bestimmte Seite des Buchs mit ihm verbunden zu sein. Ihre Botschaften zeugen von einem ebenso schweren Schicksal wie seinem. Doch was hat die Seite 139, die letzte Seite, die seine Frau gelesen hat, mit der ominösen Fremden zu tun? Und wie schafft er es, ihr zu antworten? Zum ersten Mal seit langem schöpft er neue Hoffnung. Durch eine Frau, die er nicht kennt und die zu finden unmöglich scheint ...“

Bitte entschuldige, dass ich dich hier irgendwie mit hereingezogen habe, ohne dass du eine Wahl hattest. Vielleicht habe ich mich auch ausgerechnet für dich entschieden, weil du so weit weg wohnst und so mehr oder weniger Außenstehender bist. Du wirst so schnell nicht in die Situation kommen, David zu begegnen und dich in seiner Gegenwart unbehaglich zu fühlen.

Und jetzt? Ich sitze hier auf der Bettkante, wie ich es schon so viele Male zuvor getan habe – und doch ist heute alles anders. Denn ich glaube, dass ich gar nicht anders kann, als Bastian davon zu erzählen. Um ehrlich zu sein habe ich diesen Entschluss schon während meiner Autofahrt vorhin getroffen, nur ihm jetzt in den vertrauten vier Wänden umso mehr anzuzweifeln. Ich weiß aber auch, dass ich diese Gefühle nicht leugnen kann – vor anderen vielleicht, aber nicht vor mir selbst. Und mich zu belügen, das schaffe ich nicht. Es tut so weh, dagegen anzukämpfen und ich habe solche Angst, Hauke. Solche Angst, weil ich mich einerseits so stark durch Bastian fühle, andererseits aber auch so schwach, wenn ich daran denke, welche Entscheidung mir eventuell bevorsteht.

Vielleicht ist es alles auch einfach nur lächerlich. Vielleicht bin ich für Bastian auch nichts weiter als eine junge unbeholfene Frau, die seinen Beschützerinstinkt geweckt hat. Nicht mehr und nicht weniger.

Ich weiß, ich sollte das tun, was wir beide uns immer wieder sagen: Auf mein Herz hören. Aber lässt sich diese simple Antwort auch auf eine so wichtige Frage anwenden? David und ich, wir haben ein Haus zusammen. Was wird daraus? Und was wird aus Poldi, unserem Kater?

Bevor ich all dies entscheiden kann, weiß ich, dass ich es Bastian sagen muss. Ich weiß, dass ich ihm vertrauen kann und dass er dieses Wissen, wenn es notwendig ist, für sich behalten wird. Aber wie wird es weitergehen, wenn er meine Gefühle nicht teilt?

Nein. Ich weiß, dass er auch etwas für mich empfindet. Das spüre ich einfach.

Wohin soll das alles nur führen?

Ich hab keine Ahnung. Und ich habe auch keinen Schimmer, was genau ich zum Beispiel morgen um diese Zeit denke oder tue. Es ist alles so konfus. Alles ist möglich. Und doch ist alles wie immer.

Oder?

Ich glaube, es ist besser, wenn ich erst mal Schluss mache. Ich habe dich schon genug verwirrt. Und mich selbst dabei irgendwie auch.

Ich hoffe, dass es dir gut geht und dass wir bei unserem nächsten Telefonat halbwegs normal miteinander reden können – trotz der Dinge, die ich dir heute anvertraut habe.

Bitte entschuldige die Verwirrung. Ich mache es wieder gut … versprochen!

Alles Liebe

Nancy

Kapitel 13 – Kein Grund zur Sorge

Bastian Engermann. Wie gebannt starre ich auf den so vertraut gewordenen Namen, um das Aufleuchten des grünen Punkts nicht zu verpassen.

Seit meiner E-Mail an Hauke habe ich das Netbook nicht mehr aus den Händen gelegt, falle von einer emotionalen Ohnmacht in die nächste.

„Lass uns heute Abend wieder chatten“, hat Bastian nach unserem Spaziergang gesagt.

„Klar“, hab ich geantwortet.

Aber so klar, wie ich die Dinge gern hätte, sind sie schon lange nicht mehr. Mein Kopf fühlt sich an, als läge er in einem Schraubstock. Jeder Atemzug fällt schwer.

Bin ich wirklich bereit für einen Schritt wie diesen? Und wenn nicht, bin ich bereit, die Tatsache zu ignorieren, dass der Schritt unumgänglich ist? Eins ist mir klar: Ein Leben ohne Bastian ist unvorstellbar geworden, gleichzeitig werde ich dieses Geheimnis aber auch nicht mehr lange für mich behalten können.

Mein Herz schlägt mit meinen Emotionen um sich.

David sitzt unten im Wohnzimmer und sieht fern. Keine ungewöhnliche Situation, auch früher habe ich mich meist nach oben zurückgezogen, um zu schreiben, während er unten ferngeschaut hat. Dass diesmal alles anders ist, ahnt er nicht. Wie auch?

Ich muss es Bastian sagen. Ich fühle, dass ich es ihm sagen muss. Aber wie soll ich das anstellen? Schreiben? Einfach so?

Der grüne Punkt. Endlich.

6. April 2013, 19.48 Uhr

Bastian Engermann:

hallo schatz wie geht es dir gut nach hause gekommen

Schatz. Auch so ein Wort, das er in letzter Zeit gern benutzt. Nur ein Kosename unter Freunden, wie ich vermute und doch sorgt es jedes Mal für ein kurzes Aufleuchten in meinen Augen.

6. April 2013, 19.50 Uhr

Nancy Salchow:

Hallo. Ja, bin gut nach Hause gekommen.

Eine Nachricht, die nicht untypischer für mich sein könnte. Für gewöhnlich beginne ich immer mit mehreren Zeilen, Fragen oder ein paar fröhlichen Smileys. Diesmal jedoch fehlt mir die innere Ruhe für das Vortäuschen falscher Tatsachen. Ich bin viel zu aufgewühlt, viel zu weit neben der Spur, um ihm etwas vorzuspielen. Vielleicht, weil ich längst entschieden habe, es ihm zu sagen? Weil ich längst weiß, dass ich es ihm sagen *muss*?

6. April 2013, 19.53 Uhr
Bastian Engermann:
alles okay bei dir du bist so still

6. April 2013, 19.54 Uhr
Nancy Salchow:
Schwer zu sagen. Bist du allein?

6. April 2013, 19.56 Uhr
Bastian Engermann:
natürlich wer soll denn hier sein muss ich mir sorgen um dich machen

6. April 2013, 19.58 Uhr

Nancy Salchow:

Nein, es ist alles gut. Ich muss nur mit dir reden – und ich glaube, das geht am Telefon besser. Kann ich kurz durchklingeln?

6. April 2013, 19.59 Uhr

Bastian Engermann:

natürlich jederzeit das weißt du doch

Ich schiebe das Netbook zur Seite und greife nach meinem Handy. Mit angewinkelten Knien sitze ich auf meinem Bett und starre auf das Display, das mir geradezu erwartungsvoll seinen Namen präsentiert: Bastian.

Mein Daumen wandert zum kleinen grünen Telefonhörer, um dann doch im letzten Moment zu zögern.

Bin ich wirklich stark genug? Kann ich das wirklich schaffen? Hier? Jetzt?

Zweifelnd halte ich den Atmen an, in der Hoffnung, meine Gedanken wenigstens für einen Moment abzuschalten und mache schließlich den allesentscheidenden Klick.

Als ich seine Stimme am anderen Ende der Leitung höre, gerate ich unweigerlich ins Stocken, noch bevor ich etwas sagen kann.

„Alles okay?“, fragt er besorgt. „Warum sagst du denn nichts?“

„Ich … ich weiß nicht, wie …“

Wieder Schweigen.

„Nancy?“

„Ja.“

„Ist alles in Ordnung? Kann ich dir helfen?“

„Nein. Ich meine, ja. Aber es ist … ich weiß nicht, wie …“

„Du wiederholst dich.“

„Ich weiß. Bitte sag *du* etwas.“

„Hab ich doch grad.“

„Nein, ich meine“, ich suche nach den richtigen Worten, „erzähl mir etwas. Irgendetwas. Ganz egal was. Ich brauche etwas Zeit, um den Mut zu finden, das zu sagen, was ich sagen will.“

„Irgendetwas? Hm.“ Er überlegt kurz. „Na ja, ich war vorhin noch mal bei den Wölfen unten. Und es geht ihnen ausgezeichnet. Mary ist heute besonders liebesbedürftig. Und weißt du was? Sie scheint eifersüchtig zu sein, weil du heute mit am Zwinger warst. Sie hat mir vorhin doch tatsächlich einen Liebesbiss an der Lippe verpasst.“

„Wirklich? Tat es weh?"

„Ja, ziemlich. Wenn meine Mary was macht, dann richtig. Aber das mit dem Liebesbiss war das erste Mal. Sie teilt mich eben nicht so gern."

„Dachte sie etwa, ich bin deine neue Freundin?"

„Wer weiß. Sie steht eben gern im Mittelpunkt. Ich habe sie damals einfach zu sehr verwöhnt und das hat sie nicht vergessen. Sie war schließlich zuerst da. Also noch vor Max."

„Verstehe."

Erneute Stille.

Fast lautlos höre ich seinen Atem durch das Telefon.

„Langsam mache ich mir Sorgen um dich", beginnt er nach einer Weile. „Willst du mir nicht sagen, was los ist?"

„Natürlich will ich das. Es ist nur ..."

„Ja?"

„Weißt du, unser Spaziergang heute war so toll. Ich war für eine Weile in einer ganz anderen Welt. Die Wölfe und du, das alles ..."

„Ich weiß, was du meinst. Ich bin auch in einer völlig anderen Welt, wenn ich mit den Hunden unterwegs bin."

„Ja, schon. Aber darum geht es nicht. Zumindest nicht nur. Seitdem ich mich heute Nachmittag von dir verabschiedet habe, da frage ich mich ...“ Ich sammle all meinen Mut. „Na ja, seitdem habe ich einfach das Gefühl, dass ich mehr für dich empfinde als einfach nur Freundschaft.“

Die Worte hängen in der Luft wie ein bleischweres Echo.

Habe ich sie wirklich ausgesprochen?

Mein Herz beginnt zu rasen. Ja. Ich habe es gesagt. Ich habe es wirklich gesagt.

„Bastian?“

„Ja ...“

„Bist du jetzt schockiert?“

„Nein, ich ... ich weiß nicht, was ich dazu sagen soll.“

Seine Irritation versetzt mir einen Stoß. Zweifellos, ich habe ihn überrollt, vor allem deshalb, weil er meine Gefühle nicht teilt.

Welche Demütigung! Welche Blamage!

„Es tut mir leid“, stammele ich. „Wir müssen den Kontakt abbrechen.“

Tränen schleichen sich in meine Augen, mein Hals schnürt sich langsam zu. Allein der Gedanke, ihn zu verlieren, bringt mich um den Verstand.

„Kontakt abbrechen?“, wiederholt er ungläubig.

„Ich habe dir gerade gestanden, dass ich mich in dich verliebt habe“, antworte ich mit schriller Stimme.

„Ich weiß, aber …“

„Und ich bin verheiratet. Das kann nur eines bedeuten: wir dürfen uns nicht mehr sehen.“

„Aber …“

„Es tut mir leid, dass ich dich so überfallen habe. Es tut mir leid. Wirklich unendlich leid, aber ich … ich bin verrückt, das ist die einzig logische Antwort. Ich bin schlichtweg verrückt geworden. Vielleicht liegt es auch an den Pillen.“

„Oh, das ist aber äußerst charmant.“

„Charmant?“

„Na, dass nur Pillen dazu führen können, sich in einen alten Zausel wie mich zu verlieben.“

Ich möchte über seinen Kommentar lachen, doch meine Stimme zittert wie Espenlaub.

„Es tut mir wirklich sehr leid“, sage ich erneut.

„Was tut dir leid?“

„Na, dass ich das zu dir gesagt habe. Ich hätte das besser für mich behalten sollen. Deshalb gibt es auch nur eine Konsequenz: Wir dürfen uns nicht mehr sehen.“

„Was soll das heißen, nicht mehr sehen? Hast du dich schon mal gefragt, was dann aus mir wird, wenn du den Kontakt einfach so abbrichst? Ich brauche diese Freundschaft genau wie du.“

„Hast du denn einen besseren Vorschlag?“

„Na, dass alles weiterläuft wie bisher."

„Wie bisher? Sag mal, hast du nicht gehört, was ich dir gerade gestanden habe?"

„Doch, hab ich."

„Und hast du dazu denn überhaupt nichts zu sagen?"

„Was soll ich denn dazu sagen?"

Schamgefühl überkommt mich. Wie konnte es nur soweit kommen? Hätte mir nicht klar sein müssen, dass er meine Gefühle nicht erwidert? Was habe ich mir nur von diesem Geständnis versprochen?

„Na, vielleicht fängst du damit an", entgegne ich, „mir zu sagen, ob es dir genauso geht."

Er zögert.

Am liebsten möchte ich auflegen. Jetzt. Ein für alle Mal.

„Na ja, sagen wir so: Ich wäre der Letzte, der Nein sagen würde", antwortet er schließlich.

Nicht unbedingt das, was man als Antwort auf ein Liebesgeständnis erwartet und doch so typisch für ihn.

„Meinst du das so, wie ich es verstehe?", frage ich vorsichtig.

„Ja, ganz genau SO. Aber ich bin niemand, der die Hilflosigkeit einer Frau ausnutzt. Und ich bin kein Ehebrecher."

„Das weiß ich. Ich sage ja auch nicht, dass ich meinen Mann verlasse und mich dir jetzt sofort an den Hals werfe. Ich wollte nur, dass du es weißt."

„Weißt du", er zögert kurz, „ich bin kein Freund von voreiligen Entscheidungen. Ganz besonders dann nicht, wenn man emotional so angeschlagen ist, wie du es zur Zeit bist. Du solltest dir wirklich die Zeit nehmen, in Ruhe über all das nachzudenken. Wer weiß, vielleicht denkst du in ein paar Wochen oder sogar Tagen schon völlig anders über das, was du gerade gesagt hast. Nimm dir Zeit."

„Das sagt sich so einfach."

„Ich weiß, dass es nicht einfach ist. Aber du bist nicht allein. Ich bin für dich da. Wir sind Freunde – und Freunde sind füreinander da."

„Freunde", wiederhole ich monoton.

Seine Stimme ist Trost und Schmerz zugleich.

Er erwidert meine Gefühle, oder habe ich seine Antwort falsch gedeutet?

Erst jetzt wird mir in vollem Umfang bewusst, was ich getan habe. Von einem Moment auf den anderen ist meine bisherige Welt aus den Fugen geraten.

David.

Erst wenige Augenblicke zuvor habe ich ihn wegfahren hören. Wie so oft hat er sich nicht verabschiedet. Zum ersten Mal jedoch bin ich glücklich darüber, dass er nicht hier ist.

„Und was soll ich jetzt tun?“, frage ich, während mein Körper von einem beängstigenden Zittern erfasst wird. Es scheint, als stürzten alle Vorstellungen im selben Moment auf mich ein: Der Gedanke daran, es David zu sagen. Der Gedanke an einen Auszug. Die Frage, was mit dem Haus geschieht, mit unserer Ehe.

Zittern. Immer wieder Zittern.

„Ich bin für dich da“, antwortet er in einfühlsamem Ton. „Jederzeit. Das weißt du. Und wenn du reden willst …“

„Kann ich zu dir kommen?“

„Jetzt noch?“

„Ja, jetzt noch.“

„Ist dein Mann denn nicht da?“

„Nein, und wer weiß, wann er wiederkommt. Ich sage ihm einfach, dass ich eine Panikattacke hatte und mit jemandem reden wollte, der das kennt.“

Augenblicklich fühle ich mich wie eine Verbrecherin. Meine erste Lüge David gegenüber.

„Natürlich kannst du kommen“, sagt er schließlich. „Wenn du das wirklich willst.“

„Ich weiß nicht, was ich sonst tun soll.“

Und es stimmt. Mein ganzer Körper scheint von einer einzigen Emotionswelle überschwemmt zu werden. Jeder Atemzug elektrisiert, jeder Gedanke lähmt und treibt gleichzeitig an.

Oder ist es mein Herz, das sich instinktiv danach sehnt, nach diesem Geständnis in Bastians Nähe zu sein?

Ich schalte das Handy auf laut, um seine Stimme zu hören, während ich aus meiner Schlabberhose schlüpfe und meine Jeans überziehe. Und ich trage seine Stimme selbst dann noch bei mir, als ich die Treppen hinunterlaufe und meinen Mantel überziehe.

„Ich bin verrückt“, sage ich erneut. „Ich bin einfach verrückt.“

„Du bist nicht verrückt“, antwortet er mit sanfter Stimme, mit der er mich zu beruhigen versteht wie kein anderer. „Das will ich nie wieder hören! Bitte fahr vorsichtig.“

„Ich ziehe mir gerade meine Schuhe an und öffne die Garage mit der Fernbedienung.“

„Wie lange brauchst du, um hier zu sein?“

„Zehn Minuten. Höchstens.“

„Bist du dir sicher, dass du noch fahren kannst? Du bist ziemlich durch den Wind.“

„Ich kann fahren.“ Hektisch werfe ich die Tür hinter mir ins Schloss. „Alles, was ich will, ist jetzt bei dir zu sein. Ich muss dringend zur Ruhe kommen, bevor ich komplett durchdrehe.“

„Es wird alles gut.“

„Glaubst du?“

„Natürlich. Und du darfst nie vergessen: Du bist nicht allein! Egal, wie das alles ausgeht.“

Egal, wie das alles ausgeht. Seine Worte machen mir Angst. Ich möchte gar keine andere Möglichkeit in Betracht ziehen als eine Zukunft, die auch Platz für ihn bietet. Aber wie soll das funktionieren, solange ich mit David verheiratet bin?

Ich setze mich ins Auto und schlage die Tür zu, während mich seine Stimme wie ein treuer Begleiter durch den anbrechenden Abend trägt. Sie begleitet mich, als ich rückwärts die Auffahrt herunterfahre. Und sie ist da, als ich das Ortsausgangsschild hinter mir lasse und langsam die Bundesstraße befahre. Wie ein tapferer Bodyguard auf dem Beifahrersitz, der mir allein durch den Lautsprecher des Handys den Mut zuspricht, den ich jetzt so dringend brauche.

Doch mit jedem Meter, den ich zurücklege, spüre ich meine Angst wachsen. Woher soll ich nur die Kraft nehmen, das alles durchzustehen? Und was wird aus David?

Nein, ich werde ihn nicht verlassen. Das kann und werde ich ihm nicht antun. Niemals!

„Wo bist du jetzt?“, fragt Bastian.

„Ich fahre gerade an der Gärtnerei vorbei.“

„Dann dauert es ja nicht mehr lang.“

„Oh Bastian, ich weiß nicht, was ich tun soll. Wie soll ich das alles nur durchstehen?“ Meine Hände umklammern das Lenkrad, während Enrique Iglesias im Radio wehleidig den Heldenstatus besingt. „Ich kann ihn nicht verlassen!“

„Und das wirst du auch nicht.“ Seine Stimme wirkt ruhig und gefestigt. „Wir werden das schon wieder hinbekommen, keine Angst. Und noch ist doch gar nichts geschehen, also kein Grund zur Sorge.“

Kein Grund zur Sorge.

Ja. *Kein Grund zur Sorge.*

*

Er öffnet die Tür, als wäre es das Normalste auf der Welt. Sein Blick strahlt eine Ausgeglichenheit aus, die mein Herz augenblicklich ruhiger schlagen lässt. Nur das Zittern will einfach nicht aufhören.

„Komm erst mal rein“, sagt er ruhig, während er die Tür hinter mir schließt.

Ich streife meine Schuhe ab und stürme im Mantel ins Wohnzimmer, wo ich mich wie fröstelnd aufs Sofa fallen lasse.

Bastian setzt sich direkt neben mich und greift nach meinen zitternden Händen, um sie sofort mit seinen zu umschließen. Eine simple Geste, die mich rührt.

Ich schaue auf, bis unsere Blicke einander festhalten.

Haltlos verliere ich mich in seinen Augen. Da ist es wieder, das tiefe Eisblau, das jeden Widerstand zwecklos macht. Ob er sich dieser Wirkung bewusst ist? Er macht nicht den Eindruck, sich überhaupt irgendeiner Wirkung bewusst zu sein.

Seine Hände umklammern meine ein wenig fester.

„Ganz ruhig", sagt er leise. „Es ist alles gut."

Und plötzlich ist alles wie weggeblasen. Jede Angst, jeder Zweifel. Für den Bruchteil einer Sekunde gibt es nur ihn und mich und die Antwort auf die Frage, wie es soweit kommen konnte. Hier und jetzt weiß ich, warum ich keine Wahl hatte. Warum jeder Funken Verstand dazu bestimmt ist, von den Wellen meiner Gefühle erstickt zu werden.

Er ist die Antwort.

Nur er.

Und mehr gibt es in diesem Moment nicht zu wissen.

Doch meine Angst ist unermüdlich.

Wieder atme ich ein.

Aus.

Ein.

Aus.

„Nein“, rufe ich, während ich mich aus seiner Berührung löse und aufspringe. „Ich kann das alles nicht tun. Ich kann ihn nicht hintergehen.“

„Aber das tust du doch gar nicht! Wir sitzen nur auf diesem Sofa. Nicht mehr und nicht weniger.“

„Ich meine ja auch nicht *das*.“ Ruhelos lasse ich mich wieder aufs Sofa fallen. „Ich meine allein die Tatsache, dass ich einem anderen Mann meine Liebe gestehe. Allein das ist doch schon Verrat. Ich hintergehe ihn.“

„Nein, das tust du nicht.“ Bastian setzt sich erneut neben mich und legt den Arm um meine Schulter. „Du bist durcheinander, das ist alles. Und wie ich schon sagte, vielleicht merkst du in ein paar Tagen schon, dass die Gefühle für mich doch nicht so stark sind, wie du angenommen hast. Schon allein deshalb brauchst du dir keine Schuldgefühle einzureden, denn es ist nichts, absolut nichts zwischen uns geschehen.“

„Körperlich vielleicht nicht“, antworte ich mit zitternder Stimme.

„Du hast ihn nicht betrogen.“ Er zieht die Worte lang wie ein Mantra. „Das darfst du nicht vergessen.“

„Nein, aber ...“

„Es gibt kein Aber“, fällt er mir ins Wort. „Und genau deshalb kannst du dich auch vollkommen fallen lassen und langsam ruhiger werden. Du zitterst ja wie Espenlaub.“

Seine Hand auf meinem Oberarm ist warm und schützend.

In diesem Moment weiß ich, dass mir nichts geschehen kann.

„Ich habe ihm vorhin beim Aussteigen noch kurz angerufen“, sage ich.

„Und?“

„Er war nicht mal besorgt, als ich ihm von meiner Panikattacke erzählt habe.“

„Vielleicht weil er den wahren Grund ahnt?“

„Nein, das hätte ich gemerkt“, antworte ich mit gesenktem Blick. „Er weiß, dass ich bei dir bin, weil du dich am besten mit diesen Attacken auskennst. Dass das so konkret nicht stimmt, weiß er zwar nicht, aber ...“, ich stocke. „Wir sollten nicht über ihn reden.“

„Du hast recht, das sollten wir nicht.“

Bastian rückt ein Stück zur Seite, bis er mir direkt in die Augen schauen kann. Behutsam sucht er nach den richtigen Worten.

„Weißt du, Nancy“, beginnt er schließlich, „ich würde lügen, wenn ich behaupten würde, dass ich mich nicht gefreut habe, als du mir gestanden hast, was du empfindest. Du bist eine tolle und so wunderschöne Frau."

Ein vorsichtiges Lächeln kämpft sich auf meine zitternden Lippen.

„Aber ich möchte, dass du weißt", fährt er fort, „dass ich so eine Situation niemals ausnutzen würde. So etwas gehört sich einfach nicht, und es wäre mir unangenehm, wenn du glauben könntest, dass ich jemand bin, der ..."

„Nein", falle ich ihm ins Wort. „So jemand bist du nicht, das weiß ich. Aber es ist eben auch wichtig, dass du weißt, dass ich nicht so hilflos und unzurechnungsfähig bin, wie ich vielleicht wirke. Ich würde nichts sagen oder tun, wenn ich nicht tief in mir drin wüsste, dass es richtig ist."

Fragend schaut er mich an.

„Ich bin durch den Wind, das stimmt. Aber das bedeutet nicht, dass ich nicht bei Verstand bin oder nicht ausführlich über die Dinge nachgedacht habe, die ich dir heute gestanden habe. Jedes Wort war ernst gemeint. Und ich glaube, dass es richtig war, es dir zu sagen. Auch wenn mich jetzt das schlechte Gewissen wegen David quält."

„Ich glaube dir, dass es nicht einfach für dich ist. Aber wie gesagt, wir haben nichts getan, das wir vor ihm verantworten müssten."

Ich neige den Kopf zur Seite, während ich die Antwort erneut im Eisblau suche. Für einen Augenblick habe ich das Gefühl, jede Antwort darin zu finden.

Jede Antwort. Jede Wahrheit.

„Ich glaube, der wahre Grund für meine Panik ist nicht die Tatsache, dass ich glaube, ihn zu hintergehen, sondern das Wissen, es ihm bald sagen zu müssen."

„Was willst du ihm bald sagen? Dass du dich in mich verguckt hast?"

„Verguckt." Ich schmunzle.

„Na ja, du weißt, was ich meine."

„Ja, ich weiß, was du meinst. Und ich weiß auch, was *ich* meine. Irgendetwas werde ich tun müssen, denn lange werde ich das nicht mehr mit meinem Gewissen vereinbaren können."

„Aber was musst du mit deinem Gewissen vereinbaren?" Er streichelt meine ruhelosen Hände mit seinen Fingern. „Ich sage es noch einmal, Nancy, wir haben nichts getan. Gar nichts!"

„Aber ich kann David genauso wenig etwas vormachen. Denn die Wahrheit ist nun mal", ich atme tief ein, während ich seinen Blick suche, „dass ich lieber mit dir zusammen wäre."

Ich schlucke.

„Und dieses Wissen macht mir Angst", fahre ich fort.

„Du musst keine Angst haben“, antwortet er leise. „Ich werde dich zu nichts drängen.“

Er lässt meine Finger los und legt seine Hände in den Schoß. Nachdenklich senkt er den Blick.

„Weißt du“, beginnt er schließlich, „ich will ehrlich zu dir sein.“

Erwartungsvoll erwidere ich seinen Blick, als er den Kopf wieder hebt.

„Als du heute nach Hause gefahren bist und ich später noch mal allein zu den Hunden runtergegangen bin, da bin ich förmlich geschwebt. Einfach weil der Nachmittag so toll war. Alles war so unbeschwert mit dir. Wir können einfach über alles reden, selbst über Dinge, die nichts mit der Krankheit zu tun haben. So etwas habe ich bisher einfach noch nie erlebt, ich meine, dass ich mich so verbunden mit jemandem gefühlt habe.“

Wieder kann ich mir ein Lächeln nicht verkneifen.

„Und wenn ich ganz ehrlich bin“, setzt er fort, „dann habe ich mir unterbewusst vielleicht sogar gewünscht, dass da mehr zwischen uns wäre.“

„Aber?“

„Aber ich bin mir einfach nicht sicher, ob das, was du empfindest, wirklich ernst zu nehmen ist.“

„Heißt das, du traust deinen eigenen Gefühlen mehr als meinen eigenen?“

Meine Frage bringt ihn zum Grübeln. „Nein, ich …“

Er verstummt.

„Ich kenne mich“, sage ich ruhig. „Deshalb habe ich ja solche Angst. Ich würde niemals so etwas zu jemandem sagen, wenn ich mir nicht absolut sicher wäre. Und überhaupt würde es soweit, dass ich überhaupt einen anderen Mann in Erwägung ziehe, niemals kommen, wenn es nicht jemand ganz Besonderes wäre. Ich war meinem Mann schließlich all die Jahre treu, nicht nur körperlich, auch vor unserer Hochzeit.“

Wieder überkommt mich eine Gänsehaut, die mich unweigerlich zum Bibbern bringt.

Er rückt näher und legt erneut den Arm um mich, während er meine Hände mit seinen umschließt.

Wieder dasselbe Streicheln mit seinen Fingern, wieder sein warmer Atem direkt neben meiner Wange.

Ich weiß, dass er es nicht ausnutzen würde, mich vermutlich sogar zur Seite schieben würde, käme ich ihm zu nahe, nur um mich vor meinen eigenen nicht einzuordnenden Emotionen zu schützen. Allein diese Gewissheit lässt mein Herz noch höher schlagen. In diesem Moment fühle ich mich so sicher wie nie zuvor. Eine Erkenntnis, die mich zum Grübeln bringt.

Habe ich mich jemals derart geborgen und beschützt gefühlt? Ist es möglich, dass man sich wirklich sicher erst dann fühlt, wenn man spürt, das Gegenstück zur eigenen Seele gefunden zu haben?

„Es ist verrückt“, sage ich leise. „*Ich* bin verrückt.“

„Du bist nicht verrückt. Ich habe dir schon mal gesagt, dass ich so etwas nicht mehr hören möchte.“

„Ich habe die Leute, die ihre Partner hintergehen, immer verabscheut. Für mich war so was einfach ... ich weiß auch nicht ... so etwas lässt sich einfach nicht mit dem eigenen Gewissen vereinbaren. Es sei denn ...“

„Es sei denn, was?“

Noch immer spüre ich seinen Atem auf meiner Wange, auf meinem Haar.

„Es sei denn, man ist sich sicher, dass man einen vollkommen neuen Weg einschlagen wird“, antworte ich.

Seine Finger. Noch immer weich und warm auf meiner Hand.

„Ich weiß, dass ich es will“, sage ich. „Ich war mir noch nie so sicher. Die Wahrheit ist nur, dass ich Angst habe, nicht stark genug für den letzten Schritt zu sein. Mal abgesehen davon, dass ich nicht weiß, ob du ...“ Ich stocke.

„Solltest du dich wirklich irgendwann entscheiden, einen neuen Weg einzuschlagen“, antwortet er, ohne meine Hände loszulassen, „wäre ich der glücklichste Mann auf Erden, dich auf diesem Weg begleiten zu dürfen. Aber bis es soweit ist, kann und darf noch viel Zeit vergehen. Und selbst wenn du merkst, dass es besser ist, bei deinem Mann zu bleiben, ich werde dir immer dankbar für deine Worte sein."

„Ich kann mir nicht vorstellen, dass ich jemals stark genug sein werde, ihn zu verlassen." Ich schlucke. „Ebenso wenig kann ich mir ein Leben ohne dich vorstellen. Und zweigleisig zu fahren würde ich nicht übers Herz bringen."

„So weit wird es auch nicht kommen, glaub mir. Du wirst stark genug sein, um alles ganz genau zu überdenken. Und was immer du tust, ich werde für dich da sein – selbst wenn es nur als Freund ist."

„Hast du es auch von Anfang an gewusst?", frage ich vorsichtig.

„Was?"

„Du weißt, was ich meine."

„Na ja", er scheint seine Antwort genau zu durchdenken, „ich habe ziemlich schnell gemerkt, dass wir ähnlich ticken. Genau genommen schon in der ersten Depressionsrunde."

„Das ging mir genauso."

„Ich glaube, man kann sagen, dass ich vermutlich von Anfang an ein Auge auf dich geworfen hatte. Aber wie ähnlich wir uns sind, habe ich erst mit der Zeit gemerkt."

„Eine Auge auf mich geworfen?“, wiederhole ich augenzwinkernd.

„Was ist so lustig daran?“

„Nichts, es ist nur ... das aus deinem Mund zu hören ist irgendwie so unwirklich.“

„Ich weiß. Irgendwie ist das alles ziemlich unwirklich. Schon allein, weil ich so viel älter bin als du.“

„Über das Alter habe ich mir nur am Anfang Gedanken gemacht“, antworte ich ehrlich. „Und auch nur kurz.“

Er lächelt schweigend.

Ich lehne mich gegen seine Schulter und starre auf den Fernseher, von dem ich erst jetzt merke, dass er läuft. Ein Musiksender, den er meistens anschaltet, wenn er im Wohnzimmer an seinem Laptop sitzt.

Eine Frau, die ich nicht kenne, singt von fesselnder Liebe. Oder von elektrisierender. Oder ist es euphorisierende?

Wieder verschwimmt die Welt in meinem Augenwinkel.

Ich muss zurück. David wartet sicher und noch bin ich nicht bereit, schwerwiegende Fragen zu beantworten, die sich vielleicht durch eine noch spätere Heimkehr ergeben würden.

„Ich muss dringend ruhiger werden“, sage ich, „bevor ich mich wieder ins Auto setze.“

„Überstürz nichts.“

„Nein, aber ...“, ich schaue zu meiner Handtasche, die auf dem Sessel liegt. „Kannst du mir mal die kleine Packung aus meiner Tasche geben? Vielleicht helfen mir die Tropfen, um einen Gang runterzuschalten.“

Bastian sprintet in die Küche, um gleich darauf mit einem Glas Wasser zurückzukehren.

„Hier. Ich habe ein paar Tropfen hineingetan.“

Dankbar greife ich nach dem Glas und umklammere es mit meinen Händen wie einen Rettungsanker.

Ein Schluck.

Zwei.

Wo bin ich da nur hineingeraten?

*

Wie ein straffes undurchlässiges Tuch legt sich die Nacht auf meinen ruhelosen Körper. Er liegt neben mir wie jede Nacht und doch ist alles anders als sonst. Warum schläft er schon, obwohl er weiß, dass ich eine Panikattacke hatte? Weil er ahnt, dass es keine wirkliche Attacke war und ich aus einem anderen Grund bei Bastian war? Aber wenn es so wäre, wäre es dann nicht umso wichtiger gewesen, auf mich zu warten? Um zu reden oder meinetwegen auch, um zu streiten?

Ich schließe die Augen. Fast wie von selbst finden die Bilder des Abends ihren Weg zurück in meine Sinne.

Seine Hand an meiner, sein warmer Atem neben mir. Noch immer fällt es mir schwer, all die gesagten Worte zu sortieren.

War das wirklich ich? Habe ich es wirklich gewagt, all diese Dinge auszusprechen, all die Emotionen zuzulassen?

Tränen rinnen aus meinen geschlossenen Augen. Tränen des Bedauerns um David und unseren gemeinsamen Weg, von dem ich nicht weiß, wohin und ob er weiterführen kann. Tränen um mein Zuhause, von dem ich weiß, dass es untrennbar mit David und unserem Kater Poldi verbunden ist - ein Zuhause, das ich vielleicht schon bald verlassen werde, weil ich es nicht übers Herz bringen würde, es David zu nehmen.

Doch zwischen die bitteren Tränen mischen sich auch süße. Tränen der Liebe. Tränen des Glücks.

Jeder Zweifel an dieser einen Wahrheit ist an diesem Abend über Bord gegangen. Sie war Schicksal, unsere Begegnung. Unsere Wege, die sich in einer so schweren Zeit gekreuzt haben.

Er ist es. Der Eine. Das Ende einer Suche, von der ich nicht wusste, dass sie Suche war. Eine Suche, die vielleicht mein ganzes bisheriges Leben angedauert hat. Eine Suche, auf die wir alle uns mit dem ersten Wimpernschlag unseres Lebens begeben.

Ich wische die Tränen von meiner Wange. Mein Fuß streift Poldi, der wie immer an meinem Fußende schläft.

Es wird schwer werden. Sehr schwer.

Kapitel 14 – Der 11. April

Die Tage ziehen ins Land wie ziellose Wanderer, denen der Weg wichtiger als das Ziel ist. Kein Ende in Sicht, keine Entscheidung scheint umsetzbar.

Wie ein zielloser Wanderer fühle auch ich mich bei meinem täglichen Kampf mit den Gedanken, die sich unnachgiebig mit meinen Gefühlen streiten.

Ich wache mit dem Gedanken an Bastian auf und gehe mit dem Gedanken an ihn zu Bett. Ein Bett, das ich nach wie vor mit David teile.

Es wird unerträglich, in Davids Nähe zu sein, zum einen, weil mein Gewissen noch immer die Macht hat, mich zu lähmen, zum anderen, weil ich keine von denen sein möchte, die sich zwei Männern hingibt.

Bastian und ich, nein, das ist auch am 11. April, fünf Tage nach meinem Geständnis, noch immer nicht körperlich geworden. Wir wissen uns zu beherrschen, auch wenn die Vertrautheit zwischen uns langsam Ausmaße angenommen hat, die eher zu einem Paar passen, das seit Jahren gemeinsam durchs Leben geht. Trotzdem trage ich schon jetzt ein unheimlich tiefes Gefühl der Zugehörigkeit in mir. Ein Gefühl, das ich Bastian geschenkt habe, ohne dass er mich darum gebeten hat. Ein Gefühl, für das er nun umso dankbarer zu sein scheint.

In stillen Momenten, wenn ich von einem Spaziergang mit den Hunden und ihm heimgekehrt bin, fühle ich mich in einer Art Zwischenwelt. Kein Weg zurück, kein Weg nach vorn – und doch habe ich das Gefühl, mich rastlos fortzubewegen. In eine Richtung, die ich nicht kenne und die Angst und Hoffnung zugleich in mir weckt.

Die Erinnerungen an vierzehn gemeinsame Jahre wiegen schwer. Noch schwerer jedoch wiegt die Frage, was aus David wird, wenn unser vierzehntes Jahr tatsächlich das letzte gemeinsame bleiben sollte.

Ich sollte mich nicht um ihn sorgen.

Nein.

Er ist stark und trotz der Eigenschaften, die mich unterbewusst von ihm weggeschoben haben, ein Mensch, der die Kraft hat, sein Leben weiterzuleben und seinen eigenen Weg zu gehen.

Trotzdem lähmt mich der Gedanke, ihm wehzutun.

Offiziell treffen Bastian und ich uns zu einer Art Zwei-Personen-Depressionsrunde. Eine Tatsache, die David zwar zu irritieren, aber nicht über die Maßen auf den Magen zu schlagen scheint. Doch irgendetwas ist anders an diesem Nachmittag des 11. April.

Schon während ich die Autotür hinter mir zuschlage und zur Haustür gehe, um bei Bastian zu klingeln, begleitet mich ein Gefühl, das sich weder zu dem Zeitpunkt noch rückblickend in Worte fassen lässt.

Es ist keine Angst, auch keine Hoffnung, vielmehr eine Ahnung, die ich in mir trage, ohne sie wirklich fassen zu können. Eine Ahnung, die ich nicht einzuordnen weiß und die nur eine Antwort gibt: Irgendetwas ist anders. Oder bin *ich* diejenige, die anders ist? Anders noch als einen Tag, ja sogar eine Stunde zuvor?

Er öffnet mir die Haustür wie immer durch den Knopf in seiner Wohnung. Schon während ich die Stufen zu seiner Tür nehme, spüre ich die Kraft in mir wachsen. Eine fremde Kraft, die zu mir zu gehören scheint und doch vollkommen neu ist.

Als wir uns gegenüber stehen, nimmt er mich in den Arm. Wie automatisch halte ich den Atem an. Ein Reflex, den ich nicht recht verstehe und der doch so typisch für unsere Begrüßung geworden ist.

Auf dem Wohnzimmertisch steht ein Teller mit einem Stück Erdbeerkuchen, das er vom Bäcker mitgebracht hat.

„Ich hoffe, du hast Hunger?"

„Ich liebe Erdbeerkuchen", umgehe ich seine Frage.

Die Wahrheit ist, dass ich sicher bin, keinen Bissen herunterzubekommen.

Wir lassen uns nebeneinander aufs Sofa fallen.

Wortlos starre ich auf den Teller vor mir.

„Alles okay?“, fragt er besorgt.

„Ich weiß auch nicht. Ich habe das Gefühl, meiner Entscheidung immer näher zu kommen“, antworte ich leise. „Und diese Tatsache macht mir Angst. Ich weiß nicht, ob ich schon soweit bin.“

„Ich habe dir schon mal gesagt, dass du dir keinen Druck machen sollst. Wir sind bis jetzt vernünftig geblieben und das wird auch so bleiben, wenn wir es beide wollen. Du betrügst ihn nicht.“

„Aber genau darum geht es ja.“ Ich stochere in meinem Kuchen, um die Gabel schon im nächsten Moment wieder fallen zu lassen. „Sobald ich wüsste, dass das mit uns beiden ernster wird, würde ich auch die nötigen Konsequenzen ziehen. Nur ob ich dafür stark genug bin, das beschäftigt mich.“

Bastian greift nach meinen Händen und umschlingt sie in vertrauter Geste mit seinen.

Für eine Weile sitzen wir schweigend nebeneinander.

Er weiß, dass es nichts gibt, das er sagen kann. Dass er nichts tun kann, um mir die Entscheidung zu erleichtern oder abzunehmen. Und so beschränkt er sich darauf, mir allein durch die Wärme seiner Berührung ein Trost zu sein. Ein Trost, den ich dringender brauche als jemals zuvor.

„Ich weiß, dass ich es tun muss“, sage ich mit fester Stimme. „Ich weiß, dass es keinen anderen Weg gibt. David und ich, wir sind unseren Weg eine lange Zeit gemeinsam gegangen, aber wir sind mit der Zeit einfach zu verschieden geworden. Er sehnt sich nach dem normalen Leben an der Seite einer ebenso normalen Frau, während ich alles andere als normal bin. Vielleicht ist das der Grund, warum ich so unzufrieden geworden bin.“ Ich schlucke meine Tränen herunter. „Weil ich in den letzten Jahren immer mehr versucht habe, jemand zu sein, der ich nicht bin. David zuliebe, aber auch allen anderen Menschen in meinem Leben zuliebe. Aber jetzt, wo ich dich kenne, weiß ich, dass ich gut bin, ganz genau so, wie ich bin. Weil es okay ist zu träumen und die Welt aus einem anderen Blickwinkel zu betrachten. Und weil es okay ist, anders zu sein als andere. Schon allein meine Leidenschaft, meine Fantasie – mit all diesen Dingen bin ich in meinem Umfeld oft angeeckt. Bei dir habe ich zum ersten Mal das Gefühl, mich für nichts entschuldigen zu müssen. Du duldest nicht nur, du respektierst. Und das ist einfach nur ... ich weiß auch nicht ... überwältigend.“

Und da ist er wieder, der Drang, die ganze Welt einatmen zu wollen.

Ein.

Aus.

Ein.

Aus.

Ich spüre Bastians Atem über mir, als er sich langsam herunterbeugt, um mir einen Kuss aufs Haar zu hauchen.

Augenblicklich streift mich ein Verlangen, das das Sehnen eines ganzen Lebens in sich trägt. Ein Verlangen, das er zu spüren scheint, denn schon im nächsten Moment küsst er behutsam meine Stirn.

Instinktiv beuge ich ihm mein Gesicht ein kleines Stück entgegen.

Mein Blick sagt mehr, als es Worte könnten.

Ehe mir ein weiterer störender Gedanke alles kaputtmacht, beugt er sich langsam über mich und berührt meine Lippen mit seinen.

Ich friere und schwitze zugleich.

Von einem Moment auf den anderen ist alles real. Jede Vorstellung wird plötzlich zur Wahrheit, jede Idee zum Greifen nah.

Unsere Zungen berühren sich wie bisher unsere Hände. Weich und warm, vertraut und selbstverständlich.

Ich möchte weinen, lachen, zerspringen. Stattdessen lege ich meine überschäumenden Gefühle in jede Berührung, die mein Herz wie von selbst zu steuern scheint.

Ich weiß nicht, ob es seine Hand oder meine ist, die den ersten Schritt wagt. Es spielt auch keine Rolle, unsere Blicke haben schon vorher alles geregelt.

Ich berühre seinen muskulösen Unterleib, als ich ihm unter das Sweatshirt fasse. Intuitiv ziehen wir uns die Klamotten vom Leib. Er liegt über mir, warm und innig wie ein Geheimnis, das endlich gelüftet ist.

Unsere Küsse sind fordernd und voll aufgestauter Emotionen. Keine Fragen mehr, keine Zweifel. Alles scheint in diesem einen Moment zu liegen.

Ich spüre seine Lippen, seine Hände, seinen glühenden Atem, während ich das Gefühl habe, mit ihm zu verschmelzen.

Doch zum letzten entscheidenden Schritt kommt es nicht.

Fragend schaue ich ihn an, als er sich von meinen Lippen löst.

„Wir müssen vernünftig sein“, sagt er leise.

„Ja“, flüstere ich, als könnte uns jemand hören.

Augenblicklich fahren wir in die Höhe und bleiben schweigend nebeneinander sitzen. Ich greife nach meinem Shirt, das auf dem Boden liegt, während Bastian seine Sporthose überzieht.

Niemand von uns sagt etwas. Vielleicht ahnen wir beide, dass jedes Wort den Moment zerstören könnte. Ein Moment, den wir beide herbeigesehnt haben, nur um ihn in letzter Sekunde anzuhalten.

Nein. Das Sehnen bezog sich nie auf das Sexuelle. Vielmehr war es der Wunsch, ihm nah zu sein. Ganz nah. So nah wie ...

Ich bremse meine Gedanken.

Es wird Zeit. Zeit für eine Entscheidung.

*

19. April 2013

Lieber Hauke,

es tut mir leid, dass ich neulich nicht ans Telefon gehen konnte. Ich war völlig neben der Spur und hätte vermutlich keinen vernünftigen Ton herausbekommen. Dabei wollte ich wirklich gern mit dir reden. Es ist so viel geschehen und einfach viel zu lange her, dass ich mich gemeldet habe.

Umso glücklicher bin ich, dass ich nun endlich etwas Zeit und Ruhe finde, mich bei dir zu melden, wenn auch „nur" auf diesem Wege. Unsere Mails waren immer rekordverdächtig lang, aber DIESES Mal habe ich die Vermutung, dass die Länge alles sprengen wird. Es gibt so viel zu erzählen und du weißt, dass ich keine Geheimnisse vor dir habe. Ich möchte, dass du weißt, wie es mir geht und wie es in mir aussieht, genauso, wie ich auch wissen möchte, was sich bei dir so tut.

Gibt es eigentlich Neuigkeiten in Sachen Henrike? Du hast schon länger nichts mehr von ihr erzählt. Und dein Job? Ich hoffe doch, dass du endlich mal ein wenig lockerlässt und nicht mehr rund um die Uhr arbeitest. Selbstständigkeit hin oder her, es ist trotzdem (oder gerade deshalb) wichtig, dass du dich nicht übernimmst. Versprochen?

Oh Mann, ich weiß gar nicht, wo ich anfangen soll. Ich habe das Gefühl, meine ganze Welt hat sich gedreht und mich einfach irgendwo abgeworfen. Ohne Kompass, ohne Landkarte. Und doch war ich nie irgendwo lieber als hier.

Aber ich verwirre dich, ich weiß. Am besten ich fange von vorne an.

Du erinnerst dich sicher an meine letzte Mail, in der ich dir von meinen Gefühlen für Bastian erzählt habe. Ich weiß, du wolltest lieber am Telefon mit mir darüber reden, aber das holen wir nach, versprochen. Hier und jetzt ist es mir einfach lieber, das alles aufzuschreiben. Vielleicht weil ich so sichergehen kann, nicht die Hälfte wieder zu vergessen. Und ich möchte dir gern alles erzählen, jedes Detail, lückenlos.

Das werde ich vermutlich nicht hinbekommen und doch ist es einen Versuch wert.

Dieser Tag, an dem ich dir das letzte Mal schrieb, wurde tatsächlich zu einem sehr einschneidenden Datum für mich, denn ich habe es an jenem Abend nicht mehr ausgehalten und ihm am Telefon meine Gefühle gestanden.

Am Telefon! Ist das nicht verrückt?

Ich musste es ihm einfach sagen, es ging nicht anders. Und auch wenn es einiges gekostet hat, aber letztendlich konnte ich ihm tatsächlich entlocken, dass es ihm genauso geht wie mir. Er wollte mich nur nicht unter Druck setzen und „meine emotionale Situation nicht ausnutzen". Trotzdem warf mich dieses Geständnis total aus der Bahn. Ich war wie von Sinnen, denn es bedeutete auch, sich konkret mit dem Gedanken auseinanderzusetzen, es David zu sagen. Und das, das war einfach unvorstellbar.

Vierzehn Jahre, Hauke. Vierzehn Jahre!

Du kannst dir vorstellen, wie schwer mir allein der Gedanke daran fiel, unsere Ehe zu gefährden.

Und dennoch wusste ich, dass wir uns schon lange vorher verloren hatten. Ich hatte das Gefühl, mich nur noch in der Position zu befinden, mich rechtfertigen zu müssen. Dafür, dass ich seit Martins Diagnose mit so vielem nicht mehr klarkam, dafür, dass mich sein und Mamas Tod so aus der Bahn geworfen hat. David war da, ja, so wie er es immer war, aber nicht selten hatte ich das Gefühl, mich dafür entschuldigen zu müssen, echtes Verständnis zu finden.

Stattdessen gab es immer nur die Frage, wann ich wieder arbeiten gehe oder was mit mir los sei. Und die vielen unbeantworteten Anrufe, wenn er nicht ans Telefon ging, aus Angst, ich könnte etwas von ihm wollen. Ich fühlte mich nicht ernstgenommen, schon seit Jahren nicht mehr. Und wer weiß, vielleicht ist es auch mein Schicksal, nicht ernstgenommen zu werden. Weil ich zu viel rede, zu offen bin, zu viele Fragen stelle. Weil ich mein Herz auf der Zunge trage.

Aber so bin ich. Und so werde ich immer sein. Warum sollte ich mich verstellen, wenn ich weiß, dass mich gerade dieses Verstellen auch mit krankgemacht hat?

Aber ich schweife ab. Und dann auch wieder nicht, denn alles ist miteinander verknüpft.

An diesem Abend fuhr ich noch zu Bastian. Ich zitterte am ganzen Leib und wollte einfach nicht allein sein. David war unterwegs. Wir haben viel geredet und Bastian hat die ganze Zeit über meine Hände gehalten. Eine Geste, die mir so viel bedeutete. Dazusitzen, während seine Hände meine umschließen, ließ mich mit der Zeit immer ruhiger und gleichzeitig sicherer werden, dass ich diesen Mann aufrichtig liebe.

Ja, Hauke, ich liebe ihn. Noch immer und immer wieder. Vielleicht ist es für Außenstehende schwer zu verstehen, aber es ging uns so ähnlich wie dir mit Henrike. Ich habe einfach das Gefühl, dass wir Seelenverwandte sind. Und dieses Gefühl habe ich noch immer. Nichts, was uns passiert ist, ist umsonst passiert. All die Begegnungen und Wege, die wir nur beschritten haben, weil wir auf unser Bauchgefühl gehört haben.

Ich kann das alles so schwer beschreiben. Und doch will ich es versuchen, denn es ist mir wichtiger als je zuvor, dass du weißt, wo und wie meine Träume und ich gelandet sind.

Ich fuhr an jenem Abend nach Hause wie immer. David schlief schon. Ein Umstand, der mich noch trauriger und wütender machte, denn nachdem ich ihm am Telefon von einer Panikattacke erzählt hatte und dass ich zu Bastian fahre, der sich damit auskennt, hatte ich eigentlich erwartet, dass er wenigstens wach bleibt, bis ich komme.

Als ich ihn später darauf ansprach, meinte er nur: „Wieso? Der andere hatte dich doch schon beruhigt."

Versteh mich nicht falsch, ich hatte vermutlich gar nicht erwartet, dass David anders reagiert, aber trotzdem war es irgendwie traurig, diese Vermutung bestätigt zu wissen.

Vielleicht war es auch nur Trotzverhalten seinerseits, weil ich mich selbst abends bei Bastian herumtrieb, aber eigentlich wusste er ja, dass er mir blind vertrauen kann, immerhin sind du und ich ja auch schon seit Jahren Freunde, ohne dass er mir da jemals hätte misstrauen müssen.

Vielleicht habe ich schon da gewusst, dass dieser Abend die Einleitung meiner Entscheidung war, denn von da an sahen Bastian und ich uns täglich. Offiziell, um über die Krankheit zu reden und dabei meistens mit den Hunden spazieren zu gehen – die Wahrheit war aber, dass es seitdem immer vertrauter zwischen uns wurde.

Versteh mich nicht falsch, wir haben uns weder geküsst noch sind wir uns auf andere Weise nähergekommen. Und trotzdem war da so viel zwischen uns. Etwas, das von Tag zu Tag stärker wurde.

Mit der Zeit kam ich sogar an den Punkt, dass ich Bastian offen sagte, dass ich mir meine Zukunft mit ihm vorstelle, dass ich diesen letzten Schritt gehen möchte, sobald ich stark genug bin, David zu verlassen.

DASS ich stark genug sein würde, konnte ich mir zu dem Zeitpunkt allerdings nicht wirklich vorstellen. Es war zermürbend, Hauke, wirklich zermürbend! Ich hatte eine solche Angst davor, es David zu sagen, dass ich zeitweise das Gefühl hatte, daran kaputtzugehen. Ich wusste aber auch, dass mein altes Leben, so wie es einmal gewesen war, nicht mehr existierte. Dafür war einfach zu viel geschehen.

Am 11. April, nur fünf Tage nach meinem Geständnis, wendete sich dann das Blatt, denn Bastian und ich kamen uns zum ersten Mal wirklich nahe. Wir küssten uns und gingen sogar noch weiter. Es war wie Magie, die uns durch den Augenblick trug. Alles geschah mehr oder weniger von selbst.

Doch im letzten Moment bewahrte Bastian Contenance und stoppte die intime Situation mit der Begründung, dass wir vernünftig sein müssen.

Ja, und das waren wir. Irgendwie.

An diesem Abend wusste ich aber, dass ich eine Entscheidung treffen muss. Und zwar bald.

Ich lag fast die ganze Nacht wach. David neben mir.

Es war geradezu lähmend zu wissen, dass der Schritt so nah bevorstand. Ich wusste, dass ich eigentlich noch nicht stark genug war, gleichzeitig spürte ich aber auch, dass ich es nicht mit meinem Gewissen vereinbaren konnte, einem anderen Mann meine Liebe zu gestehen und David dies zu verheimlichen.

In diesem Moment fiel mir die Krankheit meines Bruders ein und die Tatsache, dass wir als Familie vor ihm wussten, dass er an dem Tumor sterben würde. Die Gewissheit, dass er sterben würde, war grausam genug, sie allerdings zu verschweigen, während er von der Zeit sprach, in der er wieder gesund sein würde, war geradezu lähmend.

In gewisser Weise musste ich gerade in dieser Situation daran denken.

Dir muss ich nichts von Zeichen erzählen, oder? Du weißt selbst nur zu genau, wie sehr man sich auf das kleinste Detail, den winzigsten Hinweis stürzt, wenn man vor einer Entscheidung steht.

Als ich am frühen Morgen des 12. April wach im Bett lag, gingen mir die Gedanken an ein mögliches Zeichen durch den Kopf. Ich sehnte mich so nach Unterstützung, nach irgendeinem Wink von oben, der mir helfen würde, den Mut für den letzten großen Schritt zu finden. Denn ein Gedanke spielte noch eine Rolle: Das Wissen, dass mein 32. Geburtstag unmittelbar bevorstand. Die Vorstellung, am 14. April mit David unterwegs zu sein, womöglich noch in einem Restaurant oder bei einem unbeschwerten Spaziergang, raubte mir fast den Verstand.

Wie sollte ich es mit meinem Gewissen vereinbaren, ihm an diesem Tag die heile Welt vorzugaukeln? Ich konnte nicht länger so tun, als wäre alles wie immer.

Auf der Suche nach einem Zeichen schlich ich mich an diesem Morgen kurz vor sechs nach unten ins Badezimmer. David schlief noch immer, er hatte aber Frühschicht und ich wusste, dass sein Wecker bald klingeln würde.

Im Badezimmer angekommen drehte ich instinktiv das Radio an und schwor mir in meiner Verzweiflung, das Lied, das gerade gespielt wird, als Zeichen für meine Entscheidung David gegenüber zu deuten.

Und was spielte der Sender?

„Bye Bye Love" von den Everly Brothers.

Und so verrückt es auch klingt, es war genau dieses Lied, das mir den entscheidenden Schubs gab.

Plötzlich wusste ich, dass ich meine Entscheidung längst getroffen hatte und stark genug war, den letzten entscheidenden Schritt zu tun.

Bastian wusste nichts von meinen Gedanken. Er dachte, dass ich mir Zeit lassen würde, um mir über alles klarzuwerden. Aber ich wusste von Anfang an, dass ich dieses Versteckspiel nicht lange durchhalten würde, selbst wenn es „nur“ ein Versteckspiel unserer Emotionen war, mal abgesehen von dem Abend zuvor, an dem wir zum ersten Mal eine Grenze überschritten hatten, die wir uns vorher selbst stillschweigend auferlegt hatten.

Als ich zurück ins Schlafzimmer kam, weckte ich David.

Er war schon halbwach gewesen, aber so richtig wurde er es erst, als er spürte, dass etwas nicht in Ordnung war.

Ich hielt den Gedanken nicht aus, auch nur eine Minute länger zu warten, geschweige denn bis zum Abend.

„David“, sagte ich mit flatternder Stimme.

„Was ist?“ Mit fragendem Blick schaute er mich an.

„Ich wollte dir nur sagen, dass ich heute Nachmittag nicht mehr da bin, wenn du wieder nach Hause kommst.“

Von da an sehe ich alles nur noch durch einen Schleier. Es tut noch immer weh, daran zu denken, wie er versuchte, mich zum Bleiben zu bewegen. Er versprach, sich zu ändern und redete immer wieder auf mich ein. Aber ich sagte ihm, dass ich meine Entscheidung getroffen hätte und sie nicht zurücknehmen würde.

Ich versprach ihm, dass ich nichts aus dem Haus wollte und er dort wohnen bleiben könnte, wenn er es will. Und wir sprachen auch über Poldi, von dem er sofort sagte, dass er ihn behalten würde.

Und ich sagte zu, denn auch ich fand, dass Poldi zu ihm gehörte. Ins Haus.

Noch jetzt schmerzt es, daran zu denken. Es war immer mein Traum gewesen, dort zu leben. Und jetzt? Jetzt weiß ich, dass alles Materielle nichts nützt, wenn das Menschliche nicht stimmt. Ich weiß nicht, ob sich David in dem Moment bewusst wurde, dass ich meinen Schritt auch lange bevor ich Bastian kennenlernte, immer wieder angekündigt hatte, wenn er nicht endlich anfangen würde, mich etwas ernster zu nehmen. Nur dass ich ihn auch wirklich umsetzen würde, diesen letzten Schritt, hätte ich selbst nie für möglich gehalten.

Natürlich fing er auch von Bastian an und fragte, ob er der Grund für meinen Auszug sei. Aber mir war wichtig klarzustellen, dass Bastian nur der Grund war, warum ich stark genug war, diesen Schritt zu gehen, nicht der Grund, diesen Schritt überhaupt gehen zu wollen. Nein, meine Unzufriedenheit trägt ihre Wurzel sehr viel tiefer, die Entscheidung hatte ich unterbewusst schon lange vor Bastian getroffen.

Ich weiß nicht, ob es mir guttut, so intensiv über David und diesen Morgen zu schreiben. Auch wenn ich dir sage, wie unendlich befreit ich mich nach diesem Gespräch gefühlt habe, vor dem ich so viel Angst gehabt hatte, so tun die Gedanken an meine Worte trotzdem immer noch weh.

Ich wollte ihn nicht verletzen, alles, was ich will, ist, dass er glücklich wird. Mit einer Frau, die zu ihm passt und den Vorstellungen entspricht, die er immer hatte. Eine Frau, die anders ist als ich. Und ich weiß, dass er diese Frau finden wird.

Nein, ich möchte ihm nichts mehr vorwerfen, auch nicht mit Argwohn zurückschauen. Die Dinge sind, wie sie sind. Und noch immer kann ich nicht glauben, dass ich es wirklich geschafft habe, diesen Schritt zu gehen.

Noch am selben Morgen rief ich Bastian an und erzählte ihm von dem Gespräch. Er konnte es gar nicht glauben und war total perplex, als ich ihm sagte, dass ich am Nachmittag, wenn er von der Arbeit zurückkommt, mit meinen Sachen zu ihm kommen würde.

Aber natürlich freute er sich. Sehr sogar. Er hatte nur nicht damit gerechnet. Und ich selbst ja auch nicht.

Nicht mal eine Woche zuvor hatte ich ihm meine Gefühle gestanden und jetzt war ich bereits auf dem besten Weg, bei ihm einzuziehen.

Das heißt, bei ihm und Oma Ernchen.

Habe ich dir überhaupt schon von Oma Ernchen erzählt? Das ist seine fast zwanzig Jahre alte, zahnlose Katze, die meistens nur irgendwo in der Ecke liegt und schläft. Aber sie ist eine ganz Süße und ich werde sie sicher brauchen, um die Zeit ohne Poldi zu überstehen. Er fehlt mir schon jetzt unheimlich, aber ich bin auch dankbar und froh, dass David nicht allein ist und Poldi in seiner gewohnten Umgebung bleiben konnte.

Oh, Hauke, was musst du nur von mir denken und über all die Dinge, die geschehen sind? Ich weiß, dass du mich verstehst und mich nicht verurteilst, dafür kenne ich dich und du mich zu gut. Aber ich denke, dass es auch für dich Zeit brauchen wird, das alles zu verarbeiten.

Es gibt noch so viel, das ich dir erzählen möchte, aber ich merke, dass es besser ist, an dieser Stelle aufzuhören. Die Gedanken sind noch zu frisch und ich merke, dass ich wieder zu viel auf einmal will.

Alles ist noch so neu. Aufregend, ja. Und schön. Aber eben auch neu. Und ich muss mich gewöhnen, mich sortieren, um in die Zukunft zu schauen, die ich mir so sehr gewünscht habe.

Ich wünschte, du könntest jetzt hier sein, ich denke, dann könntest du das alles noch besser verstehen. Aber ich hoffe, du kannst es auch so.

Lass uns telefonieren. Bald!

Nancy

*

Kein Moment war jemals größer als dieser. Kein Moment meines bisherigen Lebens, kein Moment meiner Fantasie.

Als ich auf den Parkplatz fahre, das Auto bis zur Decke gefüllt mit Kleidersäcken und Kartons, fühle ich mich wie die Hauptdarstellerin in einem meiner Bücher. Mutig auf dem Weg in ein neues Leben, den festen Vorsatz im Hinterkopf, alles zu schaffen.

Die Wahrheit ist jedoch, dass ich mich gar nicht mutig finde. Trotzdem kann ich noch immer nicht begreifen, dass ich das wirklich getan, wirklich geschafft habe. Meine Gedanken sind noch immer bei David, gleichzeitig spüre ich aber auch Erleichterung, die Worte ausgesprochen zu haben, vor denen ich eine geradezu lähmende Angst gehabt hatte.

„Warum haben wir denn überhaupt geheiratet?"

Seine Worte schieben sich erneut in meinen Kopf.

„Hast du mir denn schon die ganze Zeit im Krankenhaus etwas vorgespielt?"

„Nein, natürlich nicht, ich ... ich habe das alles doch selbst erst sehr viel später begriffen. Ich muss das tun, David. Was meinst du, warum es mir in den letzten Tagen so schlecht ging? Weil ich wusste, dass ich dir etwas sagen muss, das nicht nur dein, sondern auch mein bisheriges Leben aus den Fugen reißen wird."

Das Verrückte ist, dass der Moment, in dem ich zum ersten Mal das Gefühl hatte, von ihm ernstgenommen zu werden, bereits nach wenigen Minuten vorbei war. Vermutlich denkt er, dass ich verrückt geworden bin.

Ja, für jemanden, der Depressionen niemals am eigenen Leib kennengelernt hat, vielleicht sogar ein naheliegender Gedanke.

Das Kuriose ist, dass es mir nichts ausmacht, ihn in dem Glauben zu lassen. Auch die Vorstellung, diesen Gedanken im Kopf der Bewohner meines Dorfes zu wissen, macht mir keine Angst. Im Gegenteil. Alles, was ich in diesem Moment will, ist, dass David zurechtkommt. Irgendwie. Mit der Zeit. Mit den Wochen, Monaten. Irgendwann.

Und ja, ich weiß, dass er es wird. Auf seine ganz eigene Weise. Vielleicht ist das der Grund, warum ich letztendlich stark genug war, ihn zu verlassen.

Ich schlucke meine Vorwürfe herunter. Die Zeit des Grübelns ist vorbei und zurückgeblieben, in einer Welt, die ich hinter mir gelassen habe. Alles, was übrig ist, liegt in diesem Wagen, dessen Tür ich hinter mir ins Schloss werfe.

Neben mir sehe ich Bastians Wagen.

Mein Herz schlägt schneller.

Beinahe schon zögernd gehe ich um den Block herum. Meine Hände zittern, dieses Mal jedoch nicht aus Angst.

Nein.

Diesmal ist alles anders.

Als ich vor der Eingangstür ankomme, kommt er mir bereits entgegen. In der Hand die Zeitung, die er gerade aus dem Briefkasten geholt hat. Eine Geste, die nicht alltäglicher sein könnte und die mich vielleicht gerade deshalb umso mehr rührt.

An den Fingern seiner rechten Hand baumelt der Schlüssel, mit dem er die Post geholt hat.

Instinktiv greife ich danach, als ich vor ihm stehe.

„Hast du auch einen für mich?“, frage ich augenzwinkernd, als ich meine Arme um seine Taille lege.

Ich spüre sein Kinn auf meiner Schulter, während er mich an sich heranzieht.

Er will etwas sagen, doch die Worte scheinen zu fehlen. Ebenso wie der Wille, mich wieder loszulassen.

In diesem Augenblick scheint das Glück der ganzen Welt auf unseren Schultern zu liegen. Niemand stört uns. Und niemand könnte es. Fast kommt es mir so vor, als befänden wir uns unter einer Glaskuppel, die von niemandem durchquert oder angehoben werden kann.

Nur wir beide.

Hier. Jetzt.

Nach all den Fragen, all den Ängsten, endlich vereint.

Ein Moment, nach dem ich greifen möchte und der doch so unfassbar ist, dass ich ihn vorbeiziehen sehe, bevor ich in der Lage bin, ihn zu realisieren.

Und plötzlich habe ich das Gefühl, die Antwort auf alle Fragen meines Lebens in diesem einen Augenblick zu erhalten. Das Ende einer Suche, die 32 Jahre lang der Sinn meines Lebens war, um nun vom eigentlichen Sinn abgelöst zu werden: Der Liebe. Der wirklich wahren Liebe, so wie sie vom Leben gemeint ist.

Eine Liebe, die ihren Weg tapfer durch jede noch so tiefe Dunkelheit findet.

Bedingungslos. Atemlos. Hemmungslos.

„Wollen wir reingehen?“ Er zieht mich näher an sich heran und küsst meine Stirn.

Strahlend blicke ich zu ihm auf. „Ich dachte schon, du fragst nie.“

*

Statusmeldung, 20. April 2013

Liebe Freunde,

diese Nachricht richtet sich vor allem an die Freunde und Bekannten aus dem realen Leben. Ich wähle diesen Weg, weil ich hoffe, meine Worte auf diese Weise an die meisten von euch richten zu können, da ich nichts zu verbergen habe und es mir wichtig ist, dass ihr meine Sicht der Dinge kennt:

Ja, es stimmt, ich habe meinen Mann und das gemeinsame Haus verlassen. Und ja, es stimmt auch, dass ich wieder in einer neuen Beziehung bin. Trotzdem ist es mir wichtig, dass ihr wisst, dass ich meinem Mann nur das Beste wünsche. Ich finde es unangebracht und unnötig, hier schmutzige Wäsche zu waschen oder auszubreiten, wichtig ist nur, dass ihr wisst, dass ich diese Entscheidung nicht über Nacht getroffen habe. Für viele mag dieser Schritt eine Überraschung sein, aber ich habe schon in den letzten Jahren unbewusst gespürt, dass mir mein altes Leben nicht mehr gut tut. Viele Aspekte spielten dabei eine Rolle.

Während meiner Depression, die ihren Höhepunkt im Februar erreichte, dachte ich die ganze Zeit über, dass die Schicksalsschläge in meiner Familie die Ursache für die Krankheit waren. Heute weiß ich, dass der Tod meines Bruders und meiner Mutter "nur" der Tropfen war, der das Fass zum Überlaufen gebracht hat. Ich bin ein Mensch, der selten bis nie Menschen findet, die genauso "ticken", ich habe meine Eigenarten und meine ganz speziellen Ansichten zum Leben. Ich fühle und empfinde die Dinge oft anders als andere Menschen. Im Laufe der letzten Jahre habe ich mich allerdings zu sehr gegen meine eigentliche Natur entwickelt, einfach weil der Alltag es so verlangte, ohne dass ich es merkte. Eine Freundschaft, die sich im Krankenhaus entwickelte, öffnete mir die Augen. Eine Freundschaft, die von Anfang an Seelenverwandtschaft war, so verrückt es klingen mag. Eine Freundschaft, aus der mehr wurde und die mir zeigte, wer ich wirklich bin. Plötzlich war mir klar - und NUR mir, niemand hat mich dazu überredet -, dass ich mein komplettes altes Leben ändern muss, um wieder vollkommen gesund zu werden. So gesehen habe ich es der Krankheit zu verdanken, dass ich den richtigen Weg für mich gefunden habe.

Vor dem letzten großen Schritt, mein altes Leben hinter mir zu lassen, hatte ich unendlich große Angst und der Gedanke daran hat mich fast umgebracht, schon allein aus Angst, meinem Mann Schmerz zuzufügen. Dass ich trotzdem stark genug war, den Schritt zu gehen, ist für mich noch immer unfassbar. Aber jetzt, da ich den Schritt gewagt habe, weiß ich, dass es der richtige war. Zum ersten Mal in meinem Leben bin ich bei mir selbst angekommen.

Ich möchte nur, dass ihr wisst, dass diese Entscheidung die richtige war. Es geht mir gut, so gut wie nie zuvor in meinem Leben, weil ich endlich zu mir gefunden habe. In ein paar Monaten werdet auch ihr das verstehen und begreifen, vor allem dann, wenn auch mein Mann das Glück gefunden hat, das er verdient hat. Ein Glück, das auch wirklich zu ihm passt und nicht nur auf halber Spur läuft, so wie es der Fall gewesen wäre, wenn ich bei ihm geblieben wäre. Er wird seinen Weg gehen, das weiß ich. Und ich gehe meinen. Irgendwie werden wir trotzdem immer verbunden sein, denn die Zeit mit ihm waren 14 sehr sehr wichtige Jahre in meinem Leben, die mich immer ausmachen werden. Aber jetzt beginnt ein neues Leben und ich weiß, dass ich dafür bereit bin. Natürlich ist alles immer noch sehr schwer, gerade weil die vertraute Umgebung von einem Tag auf den anderen weggebrochen ist und ich gerade in meiner Krankheit an manchen Tagen schwer damit zu kämpfen habe. Trotz allem weiß ich, dass es richtig war. Und auch wenn ich noch immer sehr auf mich achten muss und darauf, mich nicht zu übernehmen, bin ich glücklich. Irgendwann kann und werde ich auch mein neues Glück mit der Welt teilen können, jetzt ist es mir aber besonders wichtig, dass ihr wisst, dass ich nicht aus einer Kurzschlussreaktion heraus gegangen bin und dass weder mein Mann der "Böse" in diesem Spiel ist noch ich. Es sind lediglich unsere Wege, die sich jetzt trennen, damit wir beide auf dem richtigen Weg weitergehen können. Es geht mir gut. Und ich hoffe, irgendwann könnt ihr meine Entscheidung verstehen und das sehen, was ich schon jetzt sehe.

Bitte versteht, wenn ich zu eventuellen Kommentaren hier keine Antwort gebe, denn trotz allem sind diese Worte hier sehr aufwühlend für mich. Ich wollte nur, dass ihr meine Sicht der Dinge kennt und ich sie mit euch teilen kann, um somit eine der letzten Hürden zu nehmen.

Kapitel 15 – Zimmer 18

Albert Schweitzer hat einmal gesagt, dass der Zufall das Pseudonym ist, das Gott verwendet, wenn er inkognito bleiben will. Wenn ich zurückblicke, glaube ich, dass er sich in meiner Nähe besonders gern inkognito aufhält.

Vielleicht weil er weiß, dass ich zu aufmerksam durchs Leben laufe? Dass ich zu viele seiner Zeichen auf die Goldwaage legen würde?

Eines steht jedenfalls fest: wem auch immer das Pseudonym gehört, das hinter den Kurven-, Stopp- und Vorfahrtsschildern dieses Weges steht, ich bin ihm noch heute dankbar.

Ich bin sicher, dass es für uns alle einen Plan gibt. Vielleicht begann meiner am 24. Februar auf der dritten Stufe von unten. Vielleicht auch schon mit meinem ersten Augenaufschlag am 14. April 1981, zwei Minuten bevor Martin seine Augen öffnete.

Eine Antwort wird mir niemand geben, und vielleicht ist genau das das Beruhigende daran. Niemand weiß so etwas ganz genau, wir alle können nur ahnen und vertrauen. Und das tue ich, mehr denn je. Weil ich inzwischen weiß, dass es selbst in der dunkelsten Nacht irgendwo ein Licht gibt. Man darf nur nicht die Augen schließen, um sich der Dunkelheit anzupassen, dann wird uns der Weg früher oder später ganz allein zum beleuchteten Fenster führen. Bis selbst nach der längsten Nacht wieder der Tag anbricht und das Licht kein begrenztes Gut mehr ist.

Seit meiner Entscheidung, die eigenen vier Wände zu verlassen und zu Bastian zu ziehen, haben sich unsere Schicksale immer mehr ineinander verwoben. Aus dem Frühjahr wurde ein hitziger Sommer, der uns umso mehr bewusst machte, wie schön das Leben in der richtigen Zweisamkeit sein kann.

Zwei Seelen, zwei Leben – unwiderruflich miteinander verbunden.

Bastian gab sich große Mühe, mir den Halt zu geben, nach dem ich mich gesehnt hatte. Wobei Mühe das falsche Wort ist: Für ihn war es keine Mühe, sondern Selbstverständlichkeit.

In seinen Armen fühlte ich mich schön und bedingungslos geliebt. Vor allem in der Anfangszeit, in der ich noch viel mit der neuen Situation zu kämpfen hatte, weil ich oft zu euphorisch in mein neues Leben stürzen wollte und dann doch von den Symptomen meiner Krankheit immer wieder auf den Boden zurückgezogen wurde, war er mir ein großer Halt. Immer und immer wieder.

Bastian war es, der meine Tränen trocknete, wenn ich mir selbst wieder einmal zu viel zugemutet hatte. Er verstand es wie kein anderer, mich selbst im Weinen zum Lachen zu bringen und den Rest der Welt mit all seinen Sorgen mühelos für mich auszublenden. Wie schlecht es mir auch ging, er nahm sich selbst immer wieder zurück, nur um stark für mich zu sein.

Wir teilten dieselbe Verrücktheit, lachten miteinander über versaute Witze, liebten uns geistig und körperlich zu jeder Tageszeit wie zwei unbeschwerte Teenager. Nichts schien uns etwas anhaben zu können.

Bis zu dem Tag, an dem ich abends aus dem Kino nach Hause kam (eine Freundin und ich hatten uns nach langer Zeit wiedergetroffen) und Bastian in einem emotional sehr aufgewühlten Zustand antraf. Ein Zustand, den ich bis zu dem Zeitpunkt nicht kannte.

Weinend saß er auf dem Sofa und hörte in ohrenbetäubender Lautstärke Musik. Es machte mir Angst, ihn so zu sehen, mit all seinen Zweifeln und den nicht enden wollenden Tränen, denn erst kurz zuvor hatte man ihm ausgerechnet aufgrund seiner Krankheit gekündigt, obwohl er sich zum ersten Mal seit der Diagnose wieder emotional auf stabilem Boden befunden hatte und auch aufgrund unserer Beziehung gestärkter als je zuvor auf die Herausforderungen des Lebens zugegangen war.

Anfangs hatte er die Kündigung augenscheinlich auch ganz gut verkraftet, mittlerweile machte sie ihm aber doch mehr zu schaffen, als er bereit gewesen war zuzugeben.

Hinzu kam, dass ihn die Kraft, die er investiert hatte, um mich zu stärken, scheinbar zu Boden gerissen hatte. So, wie es auch mich bei zu viel Euphorie und dem Fehler, zu viel auf einmal zu wollen, immer wieder aus der Bahn geworfen hatte, schlug die Krankheit nun umso stärker auch bei ihm zurück. Denn viel zu lange hatte er sich in den Kopf gesetzt, mein persönlicher Mr. Unbreakable zu sein. Ein Streben, das ihn nun mit voller Wucht zurückwarf.

Die Erinnerungen an seine Kindheit, die er teilweise im Heim verbringen musste und die einschneidenden Erfahrungen, die er dort gemacht hatte, schnitten gerade jetzt wieder tiefe Wunden in seine Seele.

Erst am Morgen hatten wir noch miteinander rumgealbert, er hatte aus Spaß sogar meinen Slip übergezogen und sich strikt geweigert, ihn wieder herzugeben. Eine der Verrücktheiten, die wir miteinander teilten.

Doch an diesem Abend erlebte ich ihn zum ersten Mal von einer anderen Seite. Eine Seite, von der er mir oft erzählt hatte, die ich mir aber bildlich nie hatte vorstellen können.

Es dauerte eine Weile, bis wir herausfanden, was der eigentliche Auslöser für seine schlechte Stimmung war: Er hatte seine Antidepressiva drei Tage lang nicht genommen. Schon vorher hatte er die Einnahme nie so genau genommen, eine solch lange Auszeit war aber auch für ihn neu. Spätestens jetzt begriff er, dass er noch immer auf die Tabletten angewiesen war, doch im selben Moment fiel ihm auch ein, was ihm seine Ärztin mitgeteilt hatte: Sobald er die Tablette länger als zwei Tage nicht einnimmt, dauert es zehn bis vierzehn Tage, bis die Wirkung wieder einsetzt.

Doch sein Zustand, um diese Tage ohne Wirkung wohlbehalten zu überstehen, war zu besorgniserregend. Zumindest in meinen Augen. Es tat mir weh, ihn so leiden zu sehen. Weinend und völlig in emotionaler Aufruhr. Umso glücklicher war ich, als ich ihn nach langem Drängen endlich dazu bringen konnte, ins Krankenhaus zu gehen. Ich war mir sicher, dort hatte man die Mittel, ihm zu helfen, bis die Wirkung der Antidepressiva wieder einsetzte.

Noch heute habe ich uns vor Augen, wie wir an jenem Abend im Aufenthaltsraum der Station sitzen und darauf warten, dass sein Zimmer vorbereitet wird. Bastian auf einem der Stühle im abgedunkelten Raum, der nur durch das Flurlicht erhellt wird, ich auf Knien vor ihm, die Arme auf seinem Schoß verschränkt.

Er ist im Zwiespalt. Will nicht hier bleiben. Will es lieber allein zu Hause versuchen. Doch langsam wird er ruhiger und scheint zu erkennen, dass dies vermutlich wirklich der vernünftigere Schritt ist.

„Ich bin mir nicht sicher, ob ich das durchstehe."

„Natürlich wirst du das." Ich greife nach seiner Hand und führe sie zu meinen Lippen. „Und denk immer daran, die Wölfe sind in guten Händen. Ernchen auch. Ich kümmere mich um alles. Du warst die ganze Zeit für mich da, jetzt ist es Zeit, dass ich auch mal etwas zurückgebe."

„Aber das tust du doch schon." Er küsst mein Haar. „Allein dadurch, dass du da bist. Durch alles, was du tust und sagst."

„Sobald du wieder auf die Medikamente eingestellt bist, wird es dir besser gehen. Vielleicht sogar noch besser als vorher."

Schweigend nickt er mir zu.

Seine Unsicherheit ist unverkennbar. Ich weiß, dass er mich auch nachts in seiner Nähe haben will, ebenso wie ich ihn – trotzdem ist diese Entscheidung die richtige, das spüre ich.

„Ich werde morgen Nachmittag hier sein“, sage ich. „Nicht nur morgen, an jedem Tag. Das verspreche ich dir.“

„Ich möchte nicht, dass du dir wegen mir Stress machst.“

„Stress wäre nur, wenn ich wüsste, dass ich dich auch nur einen Tag nicht sehen könnte.“

Ein leichtes Lächeln schiebt sich auf seine Lippen, während er mein Kinn mit beiden Händen umfasst, um mich zu küssen.

„Herr Engermann?“

„Ja?“

Eine kurzbeinige Schwester mit kinnlangem schwarzem Haar steht vor uns und lächelt uns mit müdem Lächeln zu.

„Wenn Sie soweit sind, bringe ich Sie gern auf Ihr Zimmer.“

Bastian nickt ihr zu und steht nach einem flüchtigen Blick in meine Richtung auf.

Hand in Hand folgen wir der Schwester über den Flur. Vor dem Türspalt des Zimmers am Ende des Ganges bleiben wir schließlich stehen.

Meine Hände liegen in seinen. Weich und warm, wie so oft zuvor, spüre ich seine Finger auf meinen.

„Ich werde sicher kein Auge zu tun“, sagt er mit schwerer Stimme.

„Was sagst du mir immer? Der Körper holt sich von selbst, was er braucht. Und nach den schweren letzten Tagen wirst du schlafen können, ganz sicher.“

Er bemüht sich um ein Lächeln, auch wenn unverkennbar ist, wie schwer es ihm fällt.

„Ich liebe dich“, flüstert er mir ins Ohr, während er meinen Nacken küsst.

„Ich liebe dich auch.“

*

„Du kannst dir nicht vorstellen, was für eine Panik ich hatte, als ich heute früh aufgewacht bin.“

„Weil du gemerkt hast, dass du nicht zu Hause bist?“ Fragend suche ich seinen Blick, während wir den langen Flur entlangspazieren.

„Nein.“ Er grinst. „Weil ich mit dem Gedanken wach geworden bin, dass ich noch immer deinen schwarzen Slip mit dem Paillettenherz drauf anhabe.“

Ich lache. „Und? Hattest du?“

„Gott sei Dank nicht.“ Er schüttelt den Kopf. „Ich muss mich gestern in geistiger Umnachtung doch noch umgezogen haben.“

Lachend gehen wir weiter, durchqueren Türen, betreten Flure, Treppen.

„Wo sind wir?“, frage ich nach einer Weile.

Bastian zuckt mit den Schultern. „Spielt das eine Rolle?“

Der Flur erstreckt sich vor uns in nicht zu greifende Ferne. Wie ein Licht aus einer anderen Welt schleicht sich ein schmaler Streifen Sonne durch das schmutzige Fenster am Ende des Ganges und legt den Blick auf den staubigen Boden frei.

Der unbenutzte Krankenhausflügel. Wie sind wir hier gelandet?

Instinktiv greife ich nach seiner Hand, während wir nebeneinander an den offenen Türen vorbeigehen. Türen, die den schmalen Blick auf leere Zimmer preisgeben. Hier und da unterbricht der Rest eines bunten Fensterbildes die graue Leere des Raumes.

Ein Schritt.

Zwei Schritte.

Mein Herz schlägt bis zum Hals, während ich seine Hand fester umklammere. Warm und schützend legen sich seine Finger um meine.

Auf einer der Türen ergeben die letzten verbliebenden Buchstaben eine Ahnung des Wortes „Pumpstation“.

Erst jetzt wird mir bewusst, dass wir uns auf der ehemaligen Geburtenstation befinden.

Ein flüchtiges Grinsen huscht über meine Lippen. „Ganz schön still für eine Babystation."

Er lacht leise.

Am Ende des Ganges angekommen bleiben wir neben einer offenen Zimmertür stehen.

Da ist es wieder, das wohlig warme Gefühl, das meinen Magen in ein Sammellager wildgewordener Hummeln verwandelt.

Fast kommt es mir so vor, als stünde der lange staubige Flur als Metapher für die letzten Monate, die uns so fern voneinander den Blick auf die Sonne verstellt haben, nur um nun, am Ende des Ganges angekommen, endlich das langersehnte Licht zu finden.

Er führt seine Hand zur Tür und schiebt sie langsam auf.

„Zimmer 18" flüstere ich.

„Zimmer 18", wiederholt er lächelnd.

„Meinst du, sie finden uns hier?", frage ich, als ich meinen Fuß zögernd über die Schwelle setze.

„Sie haben uns nicht gesehen", antwortet er und während ich mich fragend zu ihm umdrehe, weiß ich, dass es die einzige Antwort ist, die wir brauchen.

„Wenn sie nicht wollten, dass wir diesen Flügel betreten“, fährt er fort, „hätten sie die Tür versperren müssen.“

Schweigend nicke ich.

Wir betreten den Raum so vorsichtig, als wäre es ein unentdecktes Biotop.

Unser Blick fällt auf den einzigen Gegenstand im Zimmer: ein frisch bezogenes Bett, verhüllt mit einer Hygienefolie.

„Ein Bett?“, fragt er. „Im stillgelegten Flügel?“

Ich lächle. „Das scheint jemand extra für uns hier gelassen zu haben.“

Stillschweigend haben wir uns nach einem Ort umgesehen, um ungestört zu sein. Dass ausgerechnet dieser wie für uns gemacht scheint, kann kein Zufall sein.

Nein. Kein Zufall. Auch diesmal nicht.

Er schiebt die Tür zu und kommt langsam näher.

Seine Hände umschließen meine Taille, während er mich lächelnd betrachtet. Das Lächeln, das mich noch immer wie am ersten Tag verzaubert. Ich spüre seinen warmen Atem, als er meine Lippen sanft mit seinen berührt.

Ineinander verschlungen scheinen wir noch tiefer miteinander zu verschmelzen als sonst. Taumelnd nähern wir uns dem Bett, das er mit seiner freien Hand von der Folie befreit.

Alles scheint sich zu fügen. Für uns. Für diesen einen Augenblick.

Irgendwo im Gebäude ruft jemand, aber diesen Teil der Welt haben wir spätestens mit dem Schließen der Tür hinter uns gelassen. Keine Angst. Keine Reue. Nur eine dumpfe Erinnerung an ein Leben, das nichts mehr mit unserem gemeinsam hat.

Während ich mich rücklings aufs Bett fallen lasse, spüre ich seine Zunge warm und fordernd an meiner. Wie von einer Welle erfasst, die sich weigert, uns so schnell wieder loszulassen, geben wir uns willenlos dem Moment hin, der nur auf uns gewartet zu haben scheint.

Seine Hände auf meiner Haut, meine Finger an seinem Hals. Jeder Zentimeter an ihm ist so vertraut und doch immer wieder wie eine neue Entdeckung.

Ungläubig versinke ich in diesem beinahe schon magischen Augenblick.

Haben wir es wirklich bis hierher geschafft? Meint es das Schicksal nach allem, was in den letzten Jahren war, tatsächlich endlich gut mit uns? Und ist dieses Zimmer, das trotz der Leere des zerfallenen Krankenhausflügels ein sicheres Versteck für unsere Emotionen bietet, nicht fast schon wie ein Zeichen? Ein

Zeichen für das Leben, wie wir es uns nicht zu erträumen gewagt haben?

„Glaubst du an Zufälle?“, fragt er leise, als er mir eine Strähne aus dem Gesicht streicht.

„Nein“, flüstere ich, während sich ein dankbares Lächeln auf meine Lippen stiehlt. „Nur an das Schicksal.“

ENDE

Sie sind neugierig geworden und wollen mehr von der Autorin lesen?

Dann besuchen Sie www.nancysalchow.de für mehr Informationen oder die Autorenseite auf www.facebook.com/nancysalchow.

2904483R00182

Printed in Germany
by Amazon Distribution
GmbH, Leipzig